电影文学剧本

後聖荀子

策划：任秀红 郑步电
编著：高剑峰 郭建红

山西出版集团
山西人民出版社

三为祭酒

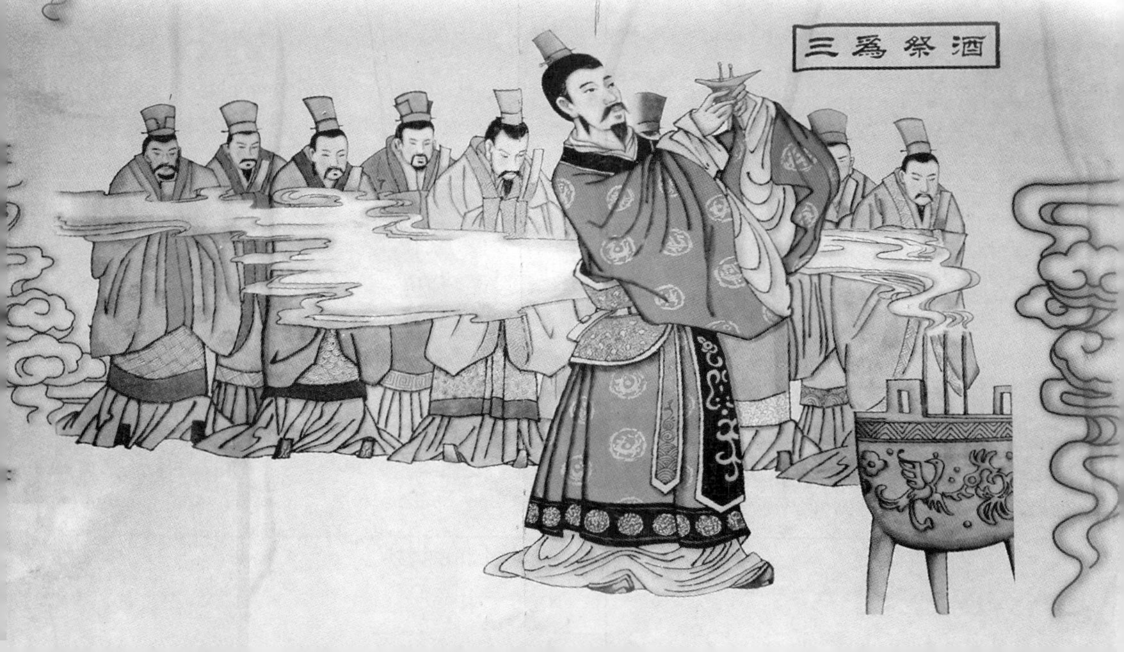

图书在版编目(CIP)数据

后圣荀子/高剑峰著.—太原：山西人民出版社，
2011.8
　ISBN 978-7-203-07362-8

　Ⅰ.①后… Ⅱ.①高… Ⅲ.①电影文学剧本—中国—当代 Ⅳ.①I235.1

中国版本图书馆CIP数据核字(2011)第139335号

后圣荀子

著　　者：	高剑峰
责任编辑：	秦继华
装帧设计：	苏晓峰
出 版 者：	山西出版集团·山西人民出版社
地　　址：	太原市建设南路21号
邮　　编：	030012
发行营销：	0351—4922220　4955996　4956039
	0351—4922127(传真)　4956038(邮购)
E — mail：	sxskcb@163.com　发行部
	sxskcb@126.com　总编室
网　　址：	www.sxskcb.com
经 销 者：	山西出版集团·山西人民出版社
承 印 者：	太原市新华胶印厂
开　　本：	787mm×960mm　1/16
印　　张：	14
字　　数：	200千字
印　　数：	1—2000册
版　　次：	2011年8月　第1版
印　　次：	2011年8月　第1次印刷
书　　号：	ISBN 978-7-203-07362-8
定　　价：	28.00元

如有印装质量问题请与本社联系调换

目 录

序一 …………………………………………… 白建荣 001
序二 …………………………………… 任秀红　郑步电 001
剧情提要 ………………………………………………… 001
故事梗概 ………………………………………………… 003
主题歌 …………………………………………………… 009
序幕 ……………………………………………………… 011
上集 ……………………………………………………… 016
下集 ……………………………………………………… 105

序 一

白建荣

岁月如歌,光阴荏苒,离任安泽转眼已经六个年头了。

当《后圣荀子》电影文学剧本的首席作者高剑峰提出要我为这部作品写序时,精诚所至、盛情难却,欣然命笔,有很多心里话涌上心头。回忆的镜头,把我带回到在安泽工作的那些充满阳光、激情燃烧的日子,特别是回顾弘扬荀子文化、打造荀子文化品牌的工作经历,可谓人心所向,民意所归。作为当时县委主要领导,决策与民意合拍正是使命使然、责任担当。

安泽是中华民族的伟大先哲、集诸子百家之大成者荀子故里。然而,因司马迁作《史记》言:"荀况赵人。"赵国疆域满冀州,纵横两千里,致使荀子两千多年来成为唯有"国籍",却无"县籍"、"户籍"的游魂。上任伊始,时任县政协副主席、县委统战部长的高剑峰同志就将他珍藏的被国学大家写入文献典籍、记入史志名书、载入课本教材,重笔标注"荀况今山西安泽人"的几十本书和他多年来追根溯源、史海钩沉写出的荀子故里考证史料,送到我和毛克明县长(现任浮山县委书记)手中,通过精心研读,倍感史实铁定,立论有据,荀子魂归故里时不我待、打造

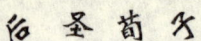

荀子文化品牌裨益当代、泽被后人、利县利民、不容迟疑。

在安泽工作期间，县委、县政府大力实施"工业强县、生态立县、科教兴县"三大战略，高频率、快节奏地启动了荀子文化园工程建设。为了使荀子文化园立地条件气势壮观，建筑风格切合时代，人物塑造形神兼备，我和县里主要领导同老干部代表、当地研究荀子文化的学者一道去西安、到咸阳、赴河北、上曲阳，为科学选址、找准建筑风格定位，准确把握荀子雕像人物形象的伟岸深邃，确立了经得起历史检验的建筑、雕塑依据。2005年在安泽枫叶如染、万山红遍的金秋时节，成功举办了安泽县荀子文化园一期工程竣工庆典。山西省委、省人大、省政协领导申维辰、薛军、吕日周及市"四大班子"领导出席了荀子巨塑雕像揭幕仪式。

中国民间文艺家协会主席冯骥才先生认为，"一个地区的经济有兴衰，但唯有文化是永远攥在手中不变的王牌，是永恒的资源。"一个民族如果不了解自己的历史，也就不可能深刻地了解现在和正确地走向未来。荀子这位被开国领袖毛泽东誉为"儒家的左派"；被维新思想革命家谭嗣同、梁启超称之为两千多年封建社会治国理论的"荀学秦政"；被鲁迅的老师、孙中山的战友、民主革命思想的启蒙者章太炎称为"后圣"的荀子，唯物思想、博大精深，伟大学说、经天纬地。荀子故里更是安泽人民引以为傲、辉耀日月的文化名片。

扬名人效应风帆，夺率先发展先声。用强势品牌引领旅游产业，实现经济效益和社会效益竞飞双赢，效法乔家大院借势、借鉴皇城相府壮举，发挥影视影响大、辐射面广的强力功能，把荀子文化名片推向全国，推向世界，县委、政府提出策划、打造一部《后圣荀子》电视连续剧的构想。高剑峰同志主动请缨领

命,担当了剧本编剧重任。2007年,我离任安泽一年后,当我在霍州工作岗位上,收到剑峰同志寄来的由山西人民出版社出版的《后圣荀子》电视文学剧本,捧着这部沉甸甸26集、长达50多万字的电视连续剧文学剧本,深感剧本尽凝他为此所付出的心血与苦辛。当我后来得知在此剧编著期间,他又接受组织安排,用近两个月时间,主笔撰写了5万多字的"千年古县"申报材料,安泽县在山西首家被联合国地名专家组、中华人民共和国民政部命名为"千年古县"后,他又重新拾笔完成了《后圣荀子》的创作。长编中途停顿歇笔,如同高速运转的发动机中途"断电",重新"启动"、"燃烧"与"耗能"的"成本"付出,可想而知。

又是一度春风绿,又是一年雁归来。2011年新春之际,作者又将他的新作《后圣荀子》电影文学剧本上、下集送给我看时,我深深被作者为弘扬荀子文化咬定青山不放松的执著精神所打动。通览全剧,立意不落俗套,主题格调鲜明、剧情悬念环生。剧本通过对人物形象的生动塑造,把荀子命运多舛、进取人生、高尚人格的形成同他所追求的谋求国家一统,"隆礼至法"治国、构建社会和谐、关注慈爱民生的伟大思想血肉交融在一起,给剧本赋予风的旋律、浪的曲线。《后圣荀子》电影文学剧本不论从思想性、可视性,还是从"古为今用"的当代价值看,都不失为一部值得推崇的好作品。

最近,山西省委书记袁纯清在我省转型发展重要讲话中说:"文化产业应该成为山西发展的一翼,更应该成为转型发展的先头部队。"并对做大做强我省的文化旅游产业,提出了"大片大作大戏表现;大集团运作;大景点支撑;大服务引领;大会展集聚"的"五大"重大举措。

后圣荀子
HOU SHENG XUN ZI

袁书记的讲话是对我省文化产业转型发展发出的动员令，必将对我省文化旅游产业提速快进起到指导性、方向性的推动作用。《后圣荀子》电影文学剧本届时创作出版，正是对省委提出的文化转型发展"五大"举措的择机而动，快速践行。

荀子思想泽润华夏、影响世界，如何使荀子故里品牌优势在全国乃至世界叫响，关键在于提升核心竞争力。可以断言，电视剧、电影无疑是最大限度地把荀子故里文化"名片"推向极致的"变速阀"、"助推器"。《后圣荀子》电视剧本、电影文学剧本相继出版问世，可以说基础性工作已迈出坚实一步，高端运作，当须给力，强势推出，在此一举。

轻风早是得人喜，更向芰荷深处来。企盼《后圣荀子》电视剧本、电影文学剧本能尽快送到国内名导大腕手中；殷望影、视名流大家能看好这两部影视作品，并在原作基础上点石成金，锦上添花；但愿作者的心血能化作苌弘之碧、心诚则灵；深信《后圣荀子》通过"大片大作大戏"搬上视频、银幕之日，安泽生态文化旅游名县黄金时代能快步提速、更进一程。

是为序。

2011年6月于临汾

（序一作者系原安泽县委书记、现任临汾市副市长）

序 二

中共安泽县委书记 任秀红
安泽县人民政府县长 郭崇志

伴着 2011 年盛夏的骄阳，由高剑峰、郭建红编著的《后圣荀子》电影文学剧本上、下集杀青封笔，即将付梓出版。这是荀子故里人带着对故里伟大先哲的无限崇拜、继《后圣荀子》电视连续剧文学剧本出版之后，以锲而不舍的执著精神，书写出的又一鸿篇力作。乡土作者为弘扬荀子文化，打造我县高端荀子文化品牌勇于"冲浪"，笔耕不辍，真情可鉴、精神可风。

出台一策，做强一业，磨精一品，办好一节，演好一剧。是我省文化产业"五个一工程"的宏伟构想与创举。《后圣荀子》电影剧本的创作、完成，正当其时、应运而生。

人类的伟大在于创造，人生的伟大在于追求。一个人需要精神支撑，一个民族需要精神支撑，一个国家需要精神支撑。这种精神支撑源于悠久灿烂的文化、追求理想的信念、百折不挠的勇气。弘扬荀子文化，把古代朴素唯物主义思想家、先进文化代表人物荀子的精神植入人心，薪火相传，影视作品是最直面、快捷、有效的表现形式。

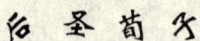

荀子是中华民族伟大先哲,其"法礼治国"思想理念超越时代、影响中国、波及世界。认知荀子,解读荀子,倍感荀子思想的当代价值堪比玉矿厚积、金山广蕴。

春秋战国时期,社会局势动荡不安,兼并战争连年不断,旧的奴隶制度和道德伦理观念不断被新的封建制度和意识形态取代。然而,正是这种社会变革的此起彼伏,各个利益集团对人力资源的重视和需求达到了前所未有的高度,为各类人才提供了展示才华的空间和舞台。人才的竞争和流动,催生了璀璨多元的文化理念,像老子、孔子、孟子、庄子、墨子等一些先哲大师纷纷闪亮登场,异彩纷呈。这些人出身不同,立场不同,政治主张和要求也不同,他们著书立说,争辩不休,出现了百家争鸣的局面,形成了文化市场的空前繁荣。正是在这种背景下,孕育出一位刺取百家、激浊扬清、集诸子百家之大成者,他"化性起伪"、"礼法兼治"、"节用裕民"等学术思想和政治主张像日月星辰一样熠熠生辉,照亮了中国封建社会二千余年的进程,他就是先秦时期最后一位大师,被民主思想革命家章太炎称之为"后圣"的——荀子。

安泽县作为荀子故里,弘扬荀子文化既是历史的担当,也是时代的召唤。文化凝聚着力量,承载着精神,提供着动力。近几年,安泽县荀子文化的研究和传承取得了可喜的成绩,荀子文化园六期工程持续在建,连续五年成功举办了中国(山西·安泽)荀子文化节,成立了荀子文化研究会,出版了《荀子故里话荀子》,对弘扬荀子文化起到了积极的引导作用,对生态旅游发挥了良好的宣传作用,对地方经济产生了明显的推进效应。这些都无一例外地说明,打"荀子牌",走"文化路",建"生态县",以文促经,以经兴文是智慧的结晶和正确的抉择。

然而，一个不争的事实依然摆在荀子故里人眼前。安泽的旅游文化产业还没有真正走出有"品"缺"位"、有景少观的瓶颈。这就告知我们，安泽不仅需要办好一节及各种有关荀子文化活动的造势，更需要借助影视"超声波"传导，跨国界覆盖的力量，去实现量与质的锐变与飞跃。

2010年7月29日，山西省委书记袁纯清在在全省领导干部大会上，就文化产业转型发展，向全省发出了"大片大作大戏表现；大集团运作；大景点支撑；大服务引领；大会展集聚"的动员。如果说"五个一工程"是对我省文化产业"干什么"提出命题，那么袁纯清书记的"五个大"，正是对我省文化产业转型发展"怎样干"的破题与行动指南。

袁纯清书记在文化转型发展调研时，以自己的工作实践鼓励大家："没有做不到，只有想不到；只要能想到，就一定能做到。"

《后圣荀子》电影文学剧本此时应运面世，正是意马春风、恰逢盛时良机。

通观《后圣荀子》电影文学剧本，无论是立意还是取材都志存高远，力求生动地再现荀子伟大的一生。剧本中引用的一些重大历史事件都谨遵史实，有据可考。人物的塑造严谨客观，跟随历史轨迹去填充完善荀子的生平活动，形象地描述荀子坎坷传奇的一生。对荀子的一些名言典章，如"青出于蓝"、"锲而不舍"、"水载舟、水覆舟"等做了精彩的诠释和引证；对荀子的两位学生韩非、李斯的刻画入木三分，他们国家干城、卓尔不群、一代精英的生死荣辱成长史跃然纸上、发人深省；对赵武灵王、秦昭王、秦王嬴政等君主的描写举重若轻，恰到好处；蔺相如、廉颇、范雎、黄歇等历史人物的穿插井然有序，相得益彰；剧本

对杀人的人和被杀的人,也不是简单地作出善与恶的评判,而是从社会制度深层剖析万恶之源。让受众从故事中去感悟荀子为国家一统、构建和谐社会奔波一生并非生来造就,娘胎带来,而是刀光剑影、血雨腥风的人生磨难,成就了一个圣者的骨骼、不朽的风范;剧中荀子和艾兰、艾菁、颖宁三个女人之间的恩怨情仇,称得上悲剧爱情的经典之笔,看后让人荡气回肠,感慨万千。正是在这些人物的烘托铺垫下,呈现出一幅壮美的历史画卷,使荀子这位时代超人丰满俊逸,栩栩如生。诚然,作者并非专业创作人员,在剧情的设计、艺术的加工、意境的提升等方面仍需名导名编用"点睛"之笔,高度升华,以补缺憾,这也是作者求之难得的心愿。

近年来,山西历史人物的文艺创作异军突起,乔家大院、皇城相府等旅游景点通过拍摄影视剧,起到了文化与经济效应的联动双赢,极大地提升了当地的知名度,带动了旅游及服务业的蓬勃发展,文化的力量众所周知,有目共睹。借鉴成功经验,启动大文化、大产业的规划运作,作为文化品牌名县正势在必得,一鸣飞鸿。

九天直上无凝滞,更看银河一派流。期冀金牌名导看好这个剧本,联袂加盟打造"荀子故里"这个一骑绝尘的高端文化品牌,殷望《后圣荀子》电影能够早日搬上银幕视频!

是为序。

二〇一一年六月于安泽

剧情提要

战国末年，百家异说，诸侯异政，天下大乱，民不聊生。

生于赵国伊氏（今山西安泽）的荀况，幼年聪慧好学，善恶分明。一夜之间，祸从天降，荀况惨遭少小丧父、亡母，撕心裂肺之痛。同室操戈，国仇家恨，荀况深深陷入恩与恨、情与仇的矛盾之中。历尽磨难，感悟人生，人间正道，何去何从？荀况稷下求学，刺取百家。他究天人相分，通古今之变，继孔孟余绪，开一代师风，为谋求天下一统，社会和谐，架构封建社会"法礼治国"，"以政裕民"的立国模式，提供了震古烁今的思想理论支撑。

剧本围绕荀况与廉颇、虞卿、蔺相如恩遇巧逢，机遇垂青；同赵、齐、秦、楚四国君王风云际会，纵论天下；在稷下学宫一枝独秀，最为老师；同范雎、白起、春申君指点江山，议政谈兵；与艾菁、颖宁两个女人梦断鹊桥、爱恋悲情，及对韩非、李斯等几个学生言传身教，施政兰陵，构思故事框架，展开故事情节。剧情起伏跌宕，悬念环生，扣人心弦。浓墨重彩地塑造了荀况为人师表的不朽品格和他伟不可及的进取人生的人物形象。

荀子是史学同举公认的集诸子百家之大成者。然而，有关荀子的生平，史籍记载甚少。本剧在编创过程中，力求准确把握

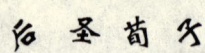

荀子生年时代背景,不随意杜撰历史。如剧中的荀子入秦,兰陵罢令,春申君之死,故事虽一波三折,人物命运虽祸福不一,但是,虚构与创意,都是建立在事件构成、有史料可考基础上的借题发挥。

对于史学颇有争议、存疑的荀况姓氏,游学时年,此剧在故事演绎、表现手法上,迄止如今,自成一家,独辟蹊径。荀况为何亦称"孙况"?荀况是"年十五"还是"年五十"游学于齐?许多年来,史学界对是否避汉宣帝之名的"避讳说",司马迁的"笔误说"争论不休,相持不下。本剧根据荀子故里口耳相传的"避仇说",与荀子"年十五"游学于齐,互为因果,相互照应。不仅对"避讳"、"笔误"二说见解独到,切中"要穴",而且为揭秘荀子的姓氏、生卒年,提供了一个奇特的看点视角,令人耳目一新。

"和为贵"是这部电影文学剧本始终把握的文脉。

"隆礼至法"是贯通全剧的灵魂。

"大一统"思想是要领全剧的主题。

"以政裕民"是本剧最为凸显的要义旨归。

故事梗概
上集

战国末年,诸侯混战,攻伐不断,百姓长期陷入国破家亡、流离失所的苦难深渊。

猗氏(今山西安泽)古城,病情危重、奄奄一息的晋国中军元帅、边陲守将荀林父跟儿子荀庚交代了身后事,在回忆戎马生涯、感悟同室操戈、带着负罪人生的遗憾溘然长逝……

数年之后。伊氏域地风雨肆虐,少水(今山西沁河)暴涨,浪高湍急,赵县令正为过不了河到对岸视察灾情犯愁。他爱民如子的赤诚感动了岸边的村民,年逾花甲的冀仁、正值壮年的孙晋自告奋勇地护送赵县令过河。少年荀况目睹了在众人的协助下,搭载着赵县令一行的小船搏风击浪,渡过浊浪翻滚的少水、解民倒悬、救民苦难的感人场景,人间大爱的种子在他幼年的心田里开始破土萌芽。

孙晋回到家中,妻子摆酒相庆。正在这时,荀况的老师前来,为教育不了荀况而谦辞。孙晋问明情由,深为儿子尊师善学、志存高远而骄。

几个身怀绝技的卖艺人在街头献艺,精彩的表演赢得了阵阵喝彩。围观的孙晋慷慨解囊,荀况也心存怜悯,将买米钱尽数

送给卖艺少女艾兰。

艾兰到河边洗衣,纨绔子弟栾贵尾随其后,此事恰被孙况看见。栾贵调戏艾兰之际,孙况挺身而出加以制止。栾贵恼羞成怒,两人打作一团,孙况的好友冀康及时赶到,栾贵落荒而逃。孙况回家后,孙晋见他衣衫不整,且又不肯说出实情,对其严加责罚。冀康前来探望孙况,孙晋夫妻方才了解实情。

夜深人静,两个蒙面人夜探孙府,孙晋隐藏了多年的秘密被发现。

栾贵对孙况怀恨在心,雇凶将孙况劫持到城外密林,欲以加害。艾兰及时出现,救走孙况。孙况回到家中,听孙晋述说身世,方知自己本是荀林父后人。一家人忐忑不安,决定远走他乡。

临行之前,遭到几个蒙面人围攻。孙晋虽然力敌,终因寡不敌众,惨遭不幸。荀况性命危在旦夕,艾兰再次及时出现,舍身相救。蒙面人在误杀了艾兰之后,痛不欲生,挥剑自刎。

横遭变故、痛失双亲的荀况在冀康的陪伴下到邯郸投亲。谁知祸不单行,途中冀康被官兵抓丁充军。孤立无助的荀况,只身赶往邯郸投奔叔父荀武。

雨夜,宿于荒郊的荀况受了风寒,幸得村中老妪救助。神情恍惚之中,荀况看到了一个酷似艾兰的女子,后才得知她是艾兰之妹艾菁。在老妪家中,荀况得知她们与杀害自己父母的凶手是一家人,伺机逃离,不知实情的老妪与艾菁却对荀况关爱有加。艾菁为给荀况治病上山采药被毒蛇所伤,幸亏救治及时才挽回性命,老妪以"男女授受不亲"为由,将艾菁许配于荀况。

荀武奉命出征中山国,荀况来到邯郸之后遭到荀家人冷落,闭门不见。荀况到军营寻找叔父,巧遇赵国名将廉颇。廉颇

上集

感慨荀况身世,将他留在自己府中。荀况在廉府不习枪棒,好学经史,廉颇深以不快。后见荀况出口成章,卓然超群,觉得是个可造之才,力荐荀况拜当世名儒虞卿为师。荀况在虞卿的教导之下,学业超凡精进。

齐湣王觊觎赵国分得中山国疆土,派遣使臣来到赵国,以猜谜为由意欲挑起争端。赵武灵王权衡利弊,决定接招。那知谜面一出,赵国君臣面面相觑,无人能解,无奈之下,赶紧张榜招贤。

荀况揭榜进宫,在赵国金殿偶遇宦令谬贤门客蔺相如,两位时代巨星,殿堂同辉、巧用智慧、妙解谜底,不仅为赵国挽回颜面,也阻止了一场兵刃相见、血淋淋的不义之战。

荀况、蔺相如智退挑衅,君臣折服。庆功盛宴上,荀况一句猗氏方言土语,令蔺相如闻言吃惊。经过一番互敬互问,原来二人却是伊氏(今安泽)同乡。至此,年长二十多岁的蔺相如与荀况结下忘年之交,伊氏双星名扬赵都、轰动朝野。

老妪与艾菁见亲人长久不归,沿路寻到伊氏。在儿子坟前,老妪欲与冀仁殊死相搏,冀仁一番慷慨陈词,解开纠缠老妪多年的心结。艾菁明白了前因后果,百感交集……

学无止境,虞卿为了让荀况进一步深造,安排随从陪伴他到稷下学宫深造。荀况踌躇满志地踏上求学之路,从此开启了他风雨艳阳、石破天惊的人生历程……

下集

　　三十年后。荀况已贵为齐国上卿，学宫领袖。一日，荀况回到家中，老友范雎来见。范雎是同魏使须贾来与齐国修好的，因结盟不成前来辞行。荀况听说齐王建曾派人专程送牛酒给范雎，担心他回国后遭须贾陷害，好意提醒。范雎不以为然，执意回国。

　　临淄街头，两个泼皮调戏一个外乡女子。荀况上前制止，不想那女子竟是艾菁。艾菁来到荀府，得知荀况至今未有娶妻，将信将疑。在偷听了荀况与刘妈二人的一番对话之后，方才前怨尽释，与荀况重归于好。

　　几年之后，大雪交加的一个夜晚，两个年轻人因拜师不成，长跪于荀府门前。这两人绝非等闲之辈，他们便是后来大名鼎鼎李斯和韩非。荀况初为收与不收犹豫不决，后被两人的诚心所感动。

　　咸阳王宫，秦昭王非常钦佩荀况的学说，秦相范雎为饥荒之事求见。秦昭王想请荀况前去秦国，范雎为其出谋划策。秦国的强硬态度果然引起齐国不满，但碍于秦国的强大，齐国只得答应。荀况在齐太后的劝说下，准备前往秦国，在征求过学生们的意见之后，决定只带武功高强、老成持重的陈器同行。

　　入秦途中，荀况目睹秦国的民风人情及吏治管理，深为震撼。范雎声势浩大地在咸阳城外迎接荀况，滞留在秦的楚国左徒黄歇一同前来。秦昭王得知荀况来秦，急欲一见，范雎却建议

先让荀况熟悉国情。荀况游历秦国来到午子山下,在一处豪宅避雨期间与两位老者交谈,得知一则传奇故事。

秦昭王在别苑设宴召见荀况,席间侍女献琴。荀况就琴音与政治的关系侃侃而谈,并亲自演奏示范。荀况博大精深的学问,让秦昭王叹为观止。宴罢,回宾馆途中范雎讲起弹琴的侍女原是秦国当今最得宠的颖宁公主,荀况联想起午子山下的故事,若有所思。

范雎设宴款待荀况,武安君白起应邀前来,文武百官争相讨好献媚。志得意满的白起故意跟荀况探讨学问,从一个"武"字谈起,两人争论得差点反目。幸好秦昭王派使召见荀况进宫,此事才不了了之。

范雎为荀况之事劝导白起,反被白起所用。深得秦昭王器重的荀况,渐渐成为范雎心头之患。范雎假借为颖宁公主提亲,将荀况置于两难之中。渭水之畔,颖宁公主向荀况吐露心声,遭到婉拒后深以为恨。黄歇劝荀况赶紧离秦,免遭不测。秦昭王见弄巧成拙,只得答应让荀况回国。黄歇借荀况回国之际,让楚太子假扮车夫蒙混过关。范雎以追回楚太子为由,暗示白起借机杀掉荀况。

荀况刚出秦境,便遇到一伙山贼拦截,危急关头,颖宁公主带领卫队赶到,方才化险为夷。白起率领大队人马赶到,意欲对荀况先斩后奏。颖宁公主拼力维护,白起只得悻悻而归。颖宁公主与荀况依依惜别,绝尘而去。

荀况回到齐国,齐相田单设宴接风。席间,李斯与田婉琴箫合鸣,满堂为之倾倒。田单有意招李斯为婿,遂请荀况帮忙。荀况回到学宫,叫来李斯好生训斥,劝其切莫抛妻弃子,妄贪富贵。李斯逃走之后,田单觉得颜面有失,借口有人举报荀况主持

学宫事务期间侵吞公款，派兵搜查了荀况的学馆及府第。荀况在论道大会上，对《十二子》的不当言论进行了严厉批判，然后离齐回赵。途中，得到消息的黄歇在曲阜城外列队迎接，请荀况到楚国讲学，不久后让他担任兰陵县令。荀况带人缉盗治水、兴学富农、休养生息，把兰陵治理得井井有条。李斯去找荀况辞行，想到秦国谋求更大的发展。荀况劝说李斯无效，只好由他。

秦王嬴政十分欣赏韩非的文才，要挟韩国送韩非使秦。韩非途经兰陵，前去探望荀况。荀况对韩非后期取得的成就十分赞赏，也依效韩非开始整理自己的著作。韩非到了秦国之后，嬴政对他礼遇有加。李斯担心韩非的地位将来超过自己，假借秦国要向韩国出兵，让韩非横加劝谏。韩非的爱国言论果然招致嬴政不满，将他关在云阳监狱反省。李斯借探监为由，诱使韩非自杀，嬴政闻讯追悔莫及。

楚考烈王驾崩之后，幼子熊悍即位。黄歇依仗熊悍为其私生子，更加飞扬跋扈。黄歇此举引起李园、李妍兄妹不安，李妍劝说黄歇杀掉楚国两位大臣，并免去荀况兰陵县令。黄歇办完此事，本以为今后可以更加肆无忌惮，谁知李园兄妹竟以此为由，将黄歇斩杀于宫廷。

荀况听到黄歇遇害，深感不快。再闻韩非罹难，痛彻心扉，自此长病不起，含恨离世。得知荀况故去，李斯冒险前来祭奠。李斯的种种行为招致荀况其他弟子的强烈不满，剑拔弩张之际，艾菁取出荀况留给李斯的遗言，李斯看罢惭愧万分。之后，李斯辅佐秦王嬴政吞并六国，完成了天下一统。

主题歌

（一）

爱之深，恨之长，情仇未了疯也狂，
山重水复终有路，噩梦醒来是天亮。

国已破，家也亡，骨肉相残民之殃，
彩虹尽在风雨后，剑胆琴心写华章。

冰也封，雪也藏，阴霾难掩日月光，
梦回春秋说古今，后圣演绎唱绝响。

（二）

天上无云不下雨，地上无风不扬尘。
人世间无缘之爱谁曾见？骨子里无端生恨也离题！
见多少风摧秀林浪湍岸，走多少阳关羊肠旅程异。
沧桑大道何处有？干戈玉帛化神奇。

HOU SHENG XUN ZI

画水无风空作浪,大爱无疆踪留痕。
不要说落花溅泪均有情,也莫道流水东逝皆无意。
说不完霜欺红梅独冬放,道不尽凤凰涅槃多传奇!
载舟覆舟理何在?尽在春风化润雨。

上集

序　幕

画面1：西周王宫的侍从懒洋洋地撞响晨钟……末代周幽王衣冠不整，手捧酒壶，东倒西歪地在后宫追逐拉扯妖艳的嫔妃宫女……

画外音：春秋末年，礼崩乐坏，周天子幽王虽为天下共主，早已名存实亡。

画面2：一座座插着各色旗帜的城池，烽烟四起。侵略者拼命攻城，守卫者殊死抵抗……城楼上，战败方的旗帜被拔下，飘扬起胜利方的旗帜……

画外音：群雄并起，诸侯争霸，中国进入无序征战、杀伐不断的战国时代。

画面3：古城中一座王府，雄立兀起，府门牌匾之上劲书"荀王帅府"四个大字。帅府门口壁垒森严，一对张着血盆大口的石狮分立府门左右，守门将土虎视眈眈，并有士兵结队绕府巡视。
字幕：**猗氏（今山西安泽）古城，荀林父帅府。**

画面4：府门深宅一处寝室，掌灯时分，桌上半截蜡烛跳动着昏暗的烛光，卧榻之上有一半依半躺、年过七旬老人。老夫人

正手捧药碗给老者喂药,仆人使女旁边伺候。

字幕:晋国中军元帅荀林父。

病榻之上的荀林父推开正在喂药的老夫人之手道:"夫人啊,我已病入膏肓,行将就木,速将吾儿荀庚唤来,有前身后世、家国大事对他言讲。"

老夫人对仆人使女说:"尔等退下,传少将军来见。"

时已中年的少将军荀庚步入寝室床前,跪拜之后道:"爹爹近日病情可好?"

荀林父强打精神道:"老父病情日重,在这世上时日不多,不知所选桃曲那块风水宝地上的陵寝可曾筑建完毕。"

荀庚:"老父安养贵体,陵寝之事不必多虑,地宫竣工在即,地面祭祠配殿正待破土,即日开工。"

荀林父:"我儿此言差矣。今日唤儿过来,正要告知我去之后,秘密安葬地宫,坟前不建祀祠、不立墓碑。"

荀庚:"这是为何?父乃堂堂中军元帅,大晋国开国功臣,若非当年你战车铁马,浴血上党,灭赤狄异族于留吁(今山西屯留)、甲辰(今山西长治)、长子、潞氏,何来这晋国偌大国土?如不是你几十年锁关扼喉、坚守在这少水(今沁河)、伊氏古城,晋国之东大门,哪来大晋国之安危?吾父身前功高盖世!逝后决不可销声匿迹!"

荀林父摇头曰:"吾儿只知其然,不知其所以然。你难道不怕多年以后,有人复仇于我,掘我之墓,暴我之尸吗?"

荀庚大惑不解道:"我荀氏家族、一代枭雄、将门虎子、谁敢在我荀氏豪门虎口拔牙,玩火自焚!"

荀林父叹声道:"天地万物、造化弄人,胜者王侯、败者为奴。天有不测风云,人有旦夕祸福,荀氏家族焉有长盛不衰之

理。何为功臣？谁为逆贼？千秋功罪,谁来评说？老父自知,当年奉晋景公之命,为国尽忠,血洗上党,冤杀多少无辜,罪孽啊罪孽……"

荀林父陷入当年回忆之中……

画面5：战场上荀林父立在战车上指挥晋军同身穿红衣的异族赤狄人兵戎相见,赤狄部落人殊死拼杀,将士头颅滚地,箭矢插身;铁蹄仍在践踏,战火不断蔓延,到处是逃难的人群……

荀林父的晋军马队又冲向逃难的人群,一中年赤狄汉子扶着一孕妇,被冲来的骏马撞踏而死,中年汉子抄起地上的木棒朝马头抢去,马上的将士挺矛向中年汉子胸口刺去,血柱如箭从中年汉子口中喷涌而出。中年男子愤指就在身边不远战车上的荀林父怒骂一声："荀林父贼子,赤狄人你是杀不尽的,赤狄人会让你断子绝孙的!"中年汉子骂完缓缓倒地而死。

此时,荀林父看到一个七八岁的孩子哭喊着"妈妈、爹爹"一路奔来,一白须老人快速拉住孩子,小小孩子眼中的怒火,让战车上的荀林父不寒而慄,荀林父慢慢闭上双眼,不愿也不敢再看眼前的一幕……

荀庚从荀林父痛苦的回忆中,看到了父亲眼眶中涌出的两行热泪。荀庚道："爹爹何必如此自责,还有何言嘱咐,孩儿定谨记,照办。"

荀林父微微睁开双目,有气无力道："我死之后,你要秘密发丧。在此期间,你再明修一处墓地。数月之后再向晋国国君报去死讯,空棺安葬、以假乱真。并向晋君请旨,命良将扼守晋国东大门猗氏古城。荀氏一门可请封别处为国效忠,但不可尽行离去,在此地留下荀氏一枝血脉,守我不立墓碑之坟茔。且记此

处紧傍上党,以防赤狄复仇,留在此地的荀氏血脉要隐姓更名,不再张扬。"

荀庚:"荀氏更为何姓?还请爹爹明示。"

荀林父:"荀孙同音,姓孙也可。"

荀庚:"爹爹深谋远虑,孩儿定铭记在心。"

一席长谈后,荀林父已经筋疲力尽、气息奄奄。荀林父断断续续说:"望我荀氏后辈,传我临终遗嘱,莫像我戎马一生、征征战战,杀戮无数,罪孽深重;愿我后辈能弃武从文,精研罢战休兵、国家一统之策,善谋救世治国之道,乃国之幸甚、荀氏家族幸甚……"

荀林父喃喃道完此语,昏然逝去,桌上的蜡烛也燃尽灯灭……

画外音:人之将死,其言也善。将星陨落、大彻大悟。荀氏后辈何在?天降大任,参悟真谛,谁是化腐朽为神奇、救世治国的圣者?谁能还吾人间正道,救吾天下苍生?……

画面6:荀府上空一颗流星飞过,划破夜幕苍穹。天际深处,几道强光,交错闪亮,四个字迹由远而近,由小而大推出片名——《后圣荀子》

上集

上集

配相关镜头花絮,推出主要人物表
(以出场先后为序)

荀林父:晋国中军元帅。

荀庚:荀林父之子。

赵县令:猗氏县令。

冀仁:冀芮后人,荀家世交。

荀晋:又名孙晋,荀林父后人,荀况之父。

荀况:又名孙况。

荀氏:又名孙氏,荀况之母。

孙况老师:孙况的启蒙老师。

艾兰:艾菁之姐。

卖艺人:赤狄后人,艾兰、艾菁之父。

栾贵:纨绔子弟。

冀康:荀况伙伴。

栾父:栾贵父亲。

栾叔:栾贵叔叔。

老妪:赤狄后人,艾兰、艾菁的奶奶。

艾菁:艾兰之妹。

廉颇:赵国名将。

虞卿:荀况师父。

赵武灵王:赵雍,赵国君主。
肥义:赵国丞相。
齐国使臣:齐国大臣。
蔺相如:缪贤舍人。
虞氏:虞卿夫人。

1.猗氏城区。

天空乌云翻滚,电闪雷鸣,狂风大作,倾盆大雨直泻而下。

一座城池在风吼雨注中兀现,城门上方写着"猗氏"二字。

字幕:(今山西安泽县城)

沿城而下,一条大河,洪水暴涨,浪起潮涌。紧靠岸边用缆绳拴牢的一条渡船,在风雨激浪中飘摇起伏,浮沉不定。

字幕:少水(今沁河)

一些百姓在风雨中带着工具,七嘴八舌地议论说:"百年不遇的洪水,看好堤坝要紧。"有的说:"这少水下游,不知又有多少人家的土地被淹。"众人走上堤岸。人群中一老奶奶双手合拢,祷告苍天说:"风快停吧,雨快住吧,十多天了,雨下得房倒屋塌,还让人活命吗?"

猗氏赵县令带着两名差役,戴着苇帽,披着蓑衣,来到岸边。

众百姓看到赵县令冒雨巡堤,很是感动。老奶奶更是感恩不尽,跪倒在地,口称:"县令大人,要不是你查灾到俺屋前,让俺搬出破宅烂屋,为俺安顿住处,俺和儿媳孙子,昨晚就砸死在那座破房里了。"

赵县令急忙俯身扶起老奶奶说:"大娘,如此大礼,折杀我也。黎民的赋税官粮养育着我,民乃我衣食父母也,为民救苦救

难,我之本分,理当如此。"

人群中又走出几位老者和妇孺异口同声说:"赵县令,好官啊。县令让俺住进了他的县衙,夫人给咱做饭熬汤,衙里住满了灾民。"

赵县令在雨中向百姓挥手示意说:"伊氏乃陶唐之地,扶危解难,千古遗风,到此为官,我之大幸。这次雨灾,民众受害,少水这边,我已派役,百里地面,乡吏村官,查灾救灾,不允懈怠。只是少水东岸,令我放心不下,我要过河巡视。"

此言一出,众人纷纷劝解说:"县令大人,这少水湍急浪高,小船怎能渡得过去,大人去不得。"也有人说:"大人心系民众,百姓感恩戴德,大人冒险渡河,说啥也不能让你不顾身家性命,此时渡河!"

赵县令全然不顾百姓劝说,固执地说:"我意已决。谁人可与我风雨同舟,同生共死,同我一道,同船摇橹,帮我渡过河去。"

一花甲老人闻听县令此言,对身边几个年轻后生一番叮嘱,几个人匆匆离堤而去。

人群中走出一白须老人说:"大人心里装着黎民百姓,执意过河,老艄公岂是贪生怕死之人,我愿同往!"

赵县令:"老哥哥,又是你,不愧为晋国上大夫冀缺故里之人,名人之后,只是你这把年纪,哪能难为你老人家。"

被赵县令称为老哥哥的老者,在风雨泥水中一个空翻,稳稳站地说:"大人,俺在少水里捕鱼摆渡,一辈子伴风雨、搏浪涛,在这猗氏之地,谁人不知俺冀仁'水中蛟'的水性,别人去我还不放心哩。"

人群中拉着一个十二三岁淋得落汤鸡似的孩子的中年男

子走出来说:"冀老伯父,劈风破浪,水中飞舟,怎能少得了俺孙晋保驾护航。"

赵县令紧缩的眉头舒展开来说:"猗氏之地无人不知冀老哥哥和孙晋水上功夫了得,乡亲父老这下你们该放心放行了吧?"

众人还是一片哗然。

赵县令拱手对冀仁、孙晋说:"那就有劳二位,同我一道共闯这险河龙潭了。"

赵县令登上浪打波摇的小船。手持橹板的冀仁招呼孙晋说:"解开缆绳。"

就在缆绳正解之时,孙晋带着的那个十二三岁的孩子,也跃上小船甲板,上了小船。

冀仁、赵县令同时惊诧地说:"孙况,你上船来干啥?"

孙况一脸镇定地说:"冀爷爷、县令爷爷,我也要去,我也要和你们同舟共渡。"

赵县令把孙况拉在自己的怀中,用手抹去孩子脸上的雨水,深情地说:"孩子,你还小,这不是闹着玩的,你去不得。"

孙况很懂事地点头说:"我知道这不是闹着玩的,县令爷爷为救民灾,舍生忘死,俺也要做个像你一样的人。"

赵县令:"爷爷早已看出你是个不同凡响的孩子,爷爷相信你会干出惊天动地、忧国忧民的壮举来,不过不是现在,那是你长大以后的事。"

孙晋一脸严肃地走上船来,既严厉又疼爱地说:"况儿,又来添乱,还不快快下船。"说着不由孙况争辩就将他拉下船来。

孙晋再次去解拴小船的缆绳,花甲老人走过来说:"慢开船,稍等。"接着回头喊道:"绳索可曾拿来?"几个人拿着几条长

绳急匆匆应声道:"来了,来了——"

花甲老人:"快把这绳子结起,拴在船尾。万一浪打船翻,只要船上的人牢牢抓紧船板,就可保障安全。"

赵县令:"谢谢乡亲父老,亏你想得周全。"

花甲老人:"大人敬民如父,爱民如子,知你决意过河,不能不顾大人安危于万一。"

一条百十米的长绳,拴在船尾,男女老幼一字排开拉起这条长绳。

花甲老人对冀仁和孙晋说:"老哥、大兄弟,开船吧。"

冀仁与孙晋一个摇橹,一个划桨。小船迎着波涛,向河心划去,岸上的绳子随着急流中飘摇的小船,越放越长。

小船上的赵县令此时此景,心底感激的洪水,比少水还要汹涌澎湃,任雨水和泪水,顺颊流淌。

2.少水岸边。

又是几天过去了,风还在刮,雨还在下,少水岸边,孙况任风吹雨打,凝视着少水东岸,少水依然洪峰巨浪,涛声如吼。

一举止颇有风范的老者,冒雨来到全然不知的荀况身边。老者爱抚的手,摸向荀况水淋淋的脑袋。荀况举目回首,见是自己的老师,不管地上的泥水,急忙跪地,口称:"老师,恕学生失礼,未到学堂,让老师为我担忧,河边寻我。"

老师疼爱地说:"孩子起来,你没有错。风停雨住,水降滔落时,赵县令、冀爷爷还有你爹爹都会平安回来的。几天来,你总是这样冒雨张望,会被淋病的。"

3.孙晋茅屋。

雨过天晴,孙晋茅屋的烟囱上,一股青烟徐徐升起。

屋内桌上一壶烧酒,几碟小菜,孙晋自斟自饮。

孙晋妻子借上菜添酒之际,絮叨着对丈夫说:"平日里,不是逢年过节,客往宾来,自己从舍不得沾酒,今日倒也大方起来,要酒来喝。"

孙晋高兴地说:"夫人不知,这次随赵大人渡河查灾,使多少灾民转危为安,能为乡亲们做点善事,俺心里痛快,也为伊氏之地有这样的好县令庆幸,小饮几杯,才觉快意。"

孙况老师走进门来,孙晋和夫人急忙施礼说:"先生好,难得先生到寒舍。"

老师谦恭地说:"早就想来拜访,今日不请自到,不请自到。"

孙晋嘱咐夫人说:"先生屈身到我寒舍,快添酒菜,以表教子深恩。"

孙晋夫人答应着去准备酒菜。老师却推辞谢绝说:"别说添酒加菜,不吃罚酒就高抬老朽了。"

孙晋不解地问:"先生何出此言?"

老师一脸真诚地说:"孙况这孩子,我还是不教的好,非不为也,是不能也。"

孙晋一头雾水地说:"先生,莫非这孩子对老师大不敬……"话音未落,门外孙况喊着:"娘,说好的,爹爹回来,要犒劳于他,酒菜好饭做好了没有。"说着孙况一阵风似的进屋。一见爹爹和老师都在,孙况就要向老师施礼……

孙晋一脸不快地说:"逆子,还不给老师跪了。"

孙况不知爹爹怒从何起,只得给老师伏地跪倒。

老师这时却不高兴地说:"好一个孙晋老弟,人人都说你教子甚严,近日一见果然不假。不过,不问青红皂白,就怒斥罚跪。如此看来,不仅我这个老师教不好孙况,你这个当父亲的也和我一样没有区别。把我的宝贝学生跪坏,你不心疼,我还心疼哩。孙况站起说话。"

孙晋:"师道尊严,尊师重傅,人之美德。玉不琢,不成器。先生今后要严教严管于他。况儿,这里没你的事,下厨去帮娘做饭去吧。"

孙况一面说:"老师、爹爹安坐叙话。"一面小心翼翼地退下。

老师说:"孙晋兄弟,你错怪孩子了。不是我不想教他。实乃这孩子天资聪颖,悟性极高,你不另请高明,只恐在我这等庸师门下,要误人子弟,误他前程了。"

孙晋:"先生乃伊氏大贤、平阳名儒,况儿当以你为师为荣,岂有误人子弟之说。"

老师这时不紧不慢,一脸严肃地问道:"孙晋老弟,可曾记得前任那个伊氏朱县令,他是怎么死的?"

孙晋:"他在沁河行舟,饮酒作乐,失脚落水而死。"

老师:"他落水时,可曾有人看见?"

孙晋:"当时正逢中秋,少水河岸人来人往,冀老伯等一干人是看着他落水而死的。"

老师:"为何见死不救?"

孙晋怒不可遏地说:"这个朱县令,在伊氏之地横征暴敛,鱼肉百姓,罪大恶极,死有余辜!"

老师:"风平浪静时,朱县令饮酒作乐,水上泛舟,落水而死。洪峰巨浪中赵县令强渡少水,东岸救灾,有惊无险,却是为

何？"

孙晋不假思索道："这就叫善有善报，恶有恶报。"

老师摇头说："几天前我给我的学生出下《官民之论》的考题，依你我之见和所有学生的答案，都是善恶相报，唯有孙况却是持与之相悖的观点。"

孙晋："况儿怎么讲？"

老师："他不信善恶相报，他甚至提出'好人不长寿，祸害活千年'，驳斥善恶相报的说法。"

孙晋不以为然道："这可是千百年来，老祖宗代代相传的古训，这孩子可是大逆不道了！"

老师："此言差矣。孙况在文中言：'天行有常，不为尧存，不为桀亡。'万事在人不在天。他把君王和官吏比作舟，把民比作水。他说：'水则载舟，水则覆舟。'王朝的兴盛灭亡，不在天意，而在民心民意。"

孙晋面带喜色道："这孩子说得倒也有些道理，却也不能任他狂言疯长。"

这时，孙况将菜双手捧上。老师坦言道："孙况，今日来就是要告知你的父母，你我师徒，也就到此为止了。"

孙况闻言色变，再次跪地说："学生不恭之处，打也打得，骂也骂得，为何弃教于我？"

老师长叹道："你是个天才，却也是个实心眼的孩子，不明我意，为师怎能舍得你这个神童，只是你的学问见解已在我之上，需另觅高师，恕我不能误你学业长进。"

孙况深深叩首说："老师教学生说，青出于蓝而胜于蓝，冰水为之而寒于水，老师的话不仅使我终生铭记，日后我还要写

文作简,劝学后人。休说我如今学无大进、羽毛未丰,若真的能超过老师,不正说明你所教学子胜于蓝吗?老师不答应我做你的学生,学生就长跪不起了。"

老师手捋长须,面露骄傲地微笑,亲手扶起孙况说:"好一个青出于蓝而胜于蓝,孺子可教也,孺子可教也!"

4. 猗氏城外。

三男一女,四位卖艺装束打扮的人,在城外山道高坡上驻足。

卖艺师傅正当不惑之年,浓眉大眼,虎背熊腰。两个徒儿二十岁上下,长相十分彪悍。女儿虽是一花季少女,那眉、那眼、那鼻子、那脸,加之那苗条的身段,天生丽质。此女名叫艾兰,称得上是一个有着闭月羞花之容的美少女。

城门上"猗氏"的字样清晰可见。但见县城群山环绕,碧水映衬;山上松柏苍翠,山下良田万顷;少水绕城而过,田野鸟语花香。少水两岸有人怡然垂钓,水面渔人撒网捕鱼……

艾兰见此情景,不由得脱口而出:"好一个北国江南、鱼米之乡啊——"

徒儿甲也情不自禁地说:"真是一块人杰地灵的风水宝地啊,要是没有战乱,在这里安居乐业,水草丰盛,养畜牧羊,山上打猎,水中撒网,男耕女织,其乐悠悠,也不枉人世一场。"

卖艺人闻听徒儿和女儿的对话,气不打一处来,怒道:"你们给我闭嘴!你们可曾知道是什么人灭我赤狄人于留吁、甲氏、铎辰吗?"

三人急忙回答:"女儿(徒儿)知道。"

卖艺人:"他是何人?"

艾兰同徒儿道:"是晋国中军元帅荀林父。"

卖艺人:"知道就好。我恨这个地方。此地如今是赵国最西南的边城。百多年前,这里是大晋国的东大门。可知翻过这架山后,那是何地?"

艾兰:"咱一路从上党关那边走来,关左是铎辰,关右是留吁,岂有不知之理。"

卖艺人:"离这里百里开外,留吁之东呢?"

徒儿乙:"那还用说,就是我们的老家潞氏。"

卖艺人怒火难掩,指点着伊氏县城说:"当年的荀林父就是在此地屯兵演阵,调兵遣将,磨刀霍霍,一路东征,血洗我赤狄人于留吁、铎辰、潞氏的。"

5.孙晋庭院。

雄鸡报晨,天色微亮。孙况走出屋门,轻揉双眼。

孙况手持竹简,在院子的石凳上落座后,照简诵念道:"颜渊问仁。子曰:'克己复礼为仁,一日克己复礼,天下归仁焉。为仁由己,而由人乎哉?'"

孙晋手提两柄青铜剑从屋内走出说:"况儿,光会读书不行,生逢乱世,最好文武兼修。爹不指望你日后征战疆场,然学点武术防身,文攻武卫,还是要得,随我练剑来吧。"

孙况依言,放下简册,接剑在手,随父练剑。

孙晋舞剑生风。剑势起如长虹,落若柳絮。孙况手持青铜剑,依着父亲的招式,亦步亦趋勉强跟得上节奏……

孙晋看着孙况舞剑的样子,收剑在手说:"心随意动,剑自

空明。你要心无旁骛,用心领会剑术……"

孙况一脸茫然,心不在焉……

孙晋叹道:"况儿,你对剑术的领悟能有对书简融会的十之一二,为父也就释怀了……"

孙况不以为然道:"爹爹一生崇文尚武,虽有盖世武功,不是弃之未用,没有效命疆场吗?"

孙晋愤然道:"乱世无义战,效命疆场也只能作欺强凌辱者杀人的工具而已,爹的这身武功也只能看家护身了。"

孙况脸上掠过一丝苦笑说:"爹爹所想,正是孩儿所思,这正是孩儿几年来不谙此道、学无长进的原因所在。"

孙晋:"吾儿坦荡直言,倒也诚实。儿子,爹爹不勉强于你……"

6.府城街头。

卖艺人和两个徒儿、艾兰在一处空地上卖艺。

卖艺人:"我等卖艺为生,只为混口饭吃。初来贵方宝地,诸位朋友,有钱的帮个钱场,没钱的帮个人场。现将平生所学花拳绣腿、雕虫小技献上。没有多少真功夫,还望贵地父老乡亲多多照应,承让,承让。先看小女软功表演。"

艾兰进入场子中间站定,进行一套柔功表演,但见屈来叠去,柔若无骨……

众人赞道:"好!好软功……"

孙晋领着孙况上街买米,听得有人叫好,也过来观看。艾兰表演完毕,在众人的叫好声中抱拳退场。

卖艺人:"请看小徒刀法。"

徒儿甲上场表演，一把刀舞得密不透风，刀光闪烁，如雪花遍野……

众人:"出手不凡，好刀法！好刀法……"

徒儿甲下场后，徒儿乙上场表演。

卖艺人:"再看小徒七步流星。"

只见流星上蹿下跳，左闪右突，远攻近守，令人心惊胆寒……

众人:"真乃好功夫！好身手……"

卖艺人:"待我也来献丑。"

卖艺人手持双剑，腾挪刺斩，舞步生风，剑光闪耀。两个徒儿伺机上场，与卖艺人对打。徒儿甲使出暗藏飞刀，卖艺人手夹嘴咬，轻松躲过。徒儿乙两支流星一上一下同时飞出，卖艺人剑分两路，一一挡回。徒儿甲、乙同时攻上，卖艺人看似无处可躲，却来了个鹞鹰展翅，腾空而起，飞起丈余，稳稳落于圈外……

众人掌声不断，皆道:"好，好，好功夫！好功夫……"

趁着人们高兴，艾兰托盘讨要赏钱。围观之人要么散去，要么将零星刀币放入盘中。艾兰来到孙晋面前，孙晋放进多枚刀币。

孙况:"爹爹，我这里还有娘给的买米钱。"

孙晋:"那就放下好了。"

孙况将刀币放入艾兰盘中，艾兰微笑致谢。

卖艺人:"兄台慷慨解囊，多谢、多谢！"

孙晋:"不谢，不谢！"

孙晋说完，领着孙况离去。

7. 穿插镜头。

艾兰抱着盛着衣服的木盆朝河边走去……

栾贵从对面走来,见艾兰面如桃花,唇红齿白,美貌动人,顿生邪念。又见她一人朝河边行走,便尾随而去……

孙况恰好经过,见栾贵远远地跟着一个女子,心想他定是不怀好意,跟了过去……

8. 少水河边。

艾兰来到河边,在一块洗衣石上搓洗衣物。栾贵从地上拣起一颗石子,投在艾兰面前的水塘中。艾兰闻声四看,见一恶少正笑嘻嘻地站在不远的地方,心生烦意,低头继续洗衣。栾贵见状,凑到艾兰面前,摁住她的肩膀,探手去摸她的脸。艾兰回身把栾贵推到一边。

孙况见状,大声喝道:"栾贵!"

栾贵见是孙况,气不打一处来,道:"姓孙的,你算哪路货色,敢来管我?"

孙况:"你欺男霸女,祸害一方,净做些令人不齿之事,我当然要管。"

栾贵挑逗道:"管,你能管得了吗?她是你姑姑、姨姨、姥姥、奶奶?还是你也看上了不成?若是这样,你我兄弟分享如何……"

孙况气得面红耳赤,上前挥拳便打。栾贵不甘示弱,与孙况打在一起。栾贵毕竟长孙况几岁,加之平日里横行乡里,也会几手拳脚,渐渐占了上风。艾兰见状,正欲上前相助,忽听如雷般的一声吼——"大胆!"只见一个魁梧少年朝这边飞奔而来。栾贵见是冀康,心知不是对手,丢下孙况,转身便逃……

冀康过来,搀起孙况道:"你怎么和这小子打起架来?"

孙况正欲说明原委,虑及艾兰在旁,一时不知从何说起。艾兰却比孙况大方,她跟冀康道:"刚才那人调戏我,是这位小哥过来阻止,才和他打了起来。"

冀康听明白了,看着被打得鼻青脸肿的孙况,发狠道:"栾贵这厮,好生无礼!再让我遇见,非把他也打成这般模样不成。"

孙况:"算了,一点小伤,何须如此。"

艾兰上前谢道:"多谢小哥仗义相救!"

孙况还礼。目光相遇,不知为了什么,两人的脸都红了。

孙况缓过神来,跟艾兰道:"天色不早,我回去了。你多珍重!"

艾兰目送孙况和冀康离去之后,回身继续洗衣……

9.栾宅客厅。

栾贵父母正在厅堂用茶。

鼻青脸肿的栾贵跑了回来,进门便喊:"打死人了,打死人了……"

栾父心里一惊,问道:"谁被打死了?"

栾贵恼火道:"看不见嘛?你家儿子快被别人打死了。"

栾父看着狼狈不堪的栾贵,沉下脸道:"好端端的,别说这种丧气话。你又在哪里惹是生非?"

栾氏上前细看栾贵,心疼得落下眼泪,哽咽道:"老爷,你可要替孩子做主。是谁下这么狠的手,把我们宝贝儿子伤成这样?"

栾父:"算了吧,你生的儿子你还不知道?招惹是非的一定是他,只是今天没有占到便宜罢了。"

栾父起身走到栾贵跟前,打量了一下,见只是皮外伤,安慰道:"今天吃了谁的亏?待为父寻着机会,再替你做主。"

栾贵:"孙况。"

栾父:"哪个孙况?"

栾贵:"西街孙晋家的孩子。"

栾父听罢,若有所思……

10.孙宅客厅。

孙况到家之后,孙晋见他鼻青脸肿,浑身是土,衣衫也破了,当下顿生不快。

孙晋:"这是怎么回事?"

孙况欲言,又不知从何说起,呆在那里。

孙晋走过来,训斥道:"成何体统,哪里还有读书人的样子?简直跟市井无赖一般无二。"

孙氏闻声从后堂走出,帮孙况拍打背后的尘土,爱怜地道:"况儿,出了什么事,快说与你爹听。"

孙况低声道:"我和栾贵打了一架。"

孙晋:"因为什么?"

孙况犹豫片刻,据实道:"因为一个女子。"

孙晋一听,勃然大怒道:"真不像话!小小年纪,竟也学会拈花惹草,争风吃醋。跪下!"

孙况赶紧跪在地上。孙晋取出一根木杖,抡起便打。孙况忍着疼痛,眼含热泪,一言不发。孙氏立在一旁,左右为难。孙晋打了十几杖,孙况支持不住,一头栽倒在地。孙晋心不落忍,将木杖扔在一旁,进了内堂。孙氏上前扶起孙况,看着孩子伤痕累累,泪水止不住落了下来……

上集

母子情深

11.孙宅门前。

冀康拎着两条大鱼过来,推门不开,拍门。

冀康:"孙况,开门。孙况……"

孙氏开门,见是冀康,问道:"这么晚了,来找孙况做甚?"

冀康:"伯母,我爷爷让送两条鱼来,给孙况疗伤。"

孙氏心中一怔,道:"平白无故,疗什么伤?"

冀康欲进门去,却被孙氏拦住。她见冀康话里有话,便想问个究竟。

孙氏:"孙况已经睡了。下午发生了什么事,你可知晓?"

冀康便把事情经过讲与孙氏听。孙氏听完,泪水直在眼里打转。

冀康见状,不解道:"伯母,你怎么了?"

孙氏掩饰道:"不小心,眼里进了东西。"

冀康把手里的鱼递给孙氏,道:"我不进去了,明儿中午再来。"

孙氏:"好。"

冀康辞别孙氏,转身走了。

12.孙宅内堂。

孙况忍着伤痛,倚在油灯下艰难地读简。

听得敲门声,孙况起身打开门闩,见母亲、父亲立在门前,忙道:"爹,娘。"

孙晋"嗯"一声,进门来,拿起孙况刚才看的简册。

孙氏将一锅香气四溢的鱼汤放在孙况读简的几案上。

孙氏:"娘给你做了鱼汤,让你补补身子。"

孙况:"这么晚了,劳累二老,孩儿深感不安!"

孙氏："这鱼是冀康送的。下午的事我们都知道了,是为娘错怪你了。"

孙晋："况儿,以后我问你话,你要讲清楚,不要支支吾吾。"

孙况的委曲得以释放,心里泛酸,强忍眼泪道："下午的事,是孩儿不好。"

孙晋："简册不要看得太久,灯光不好,容易坏眼。吃了鱼汤,早点休息。学习不是一朝一夕的事情,要温故知新,循序渐进。"

孙况："嗯,孩儿明白。"

孙氏："记着趁热吃,我们休息去了。"

孙况把父母送到门外,眼望天上闪烁的繁星,似乎看到艾兰那双明亮的眼睛。

13.猗氏府城。

卖艺人在一座废弃的院子里宿营,一团篝火摇曳着深红的火苗。艾兰躺在火堆旁的苇席上,眼望着天上闪烁的繁星,脑海里浮现出下午在河边遇到的那个英俊少年……

14.府城孙宅。

深夜,两个黑衣蒙面人持刀伏在院墙外,仔细观察着周围的动静。

黑衣人甲轻声道："应该睡熟了吧?"

黑衣人乙低声道："想来是的。"

两人轻轻落在院内,借着昏暗的月光在前院搜寻片刻,转到了后院。他们来到一处房前,门上悬着锁,黑衣人甲从身上掏出两根铁丝,麻利地把锁打开。他先进了里面,黑衣人乙随后跟

了进去。房间里放着些零乱的杂物,两人点着火绒,四处寻找……

黑衣人乙忽然道:"大哥,这里好像有间暗室。"

黑衣人甲急忙凑到黑衣人乙身边,两人上下左右摸索片刻,找到机关,打开了暗室。

两人进入暗室,举火观望,见供桌上摆着一些牌位。黑衣人甲看清了最高处的一个牌位,又看看别的牌位,吃了一惊。他扯扯还在寻找其他东西的黑衣人乙,两人将一切恢复原样,跃上院墙,消失在夜色之中……

15.府城栾宅。

一个房间内,黑衣人甲摘下面纱,竟然是栾贵父亲。黑衣人乙除去蒙面,他是栾贵的叔叔。两人把夜行衣脱下,换上寻常衣服。

栾叔:"哥,就要有所收获,怎么让回来了?"

栾父:"孙晋平日里深藏不露,我还以为他是个落魄书生。难怪每在急难非常时刻,他的表现总是与众不同。"

栾叔:"怎么个不同法?"

栾父:"急公好义,善待乡邻,颇有大家风范……如今,我总算明白了……"

栾叔追问道:"你还明白了什么,何不说给我听?"

栾父欲言又止,搪塞道:"兄弟,此间另有隐情,你暂且不必知道。他的先祖对我们祖上有大恩大德,你今后不要为难他。"

栾叔冷笑道:"孙晋宽厚仁义,与世无争,是个公认的好人!那日他同县令冒险渡河,舍生忘死,更见君子风范。这样的好人哪里去找?今晚要不是大哥召唤,我也不会随你同去。"

栾父拍拍栾叔的肩膀,道:"兄弟辛苦了!时候不早了,我回屋睡了。"

16.栾宅客厅。

栾贵一早醒来,又去找父母诉苦。

栾贵:"爹,娘,孩儿昨晚疼了一夜,你们一定要替我报仇。"

栾氏顺着他道:"好的,好的,替我儿报仇。"

栾贵:"我要找人把孙况打个半死,再把他家的房子给烧了。"

栾父听到这里,脸色顿变,抬手给了栾贵一巴掌,骂道:"混账东西!除了惹是生非,你还会干点什么?"

栾贵捂着脸道:"你干吗打我?是他先惹我的!"

栾父心下恼火,抬手又打,却被栾氏拦住。

栾父:"我告诉你,以后见着孙家人只能绕着走,绝不可以再生事!"

栾氏:"老爷,我们对孙家有什么亏欠?还是孙家的孩子与你有什么干系?你这么袒护他们。"

栾父瞪了夫人一眼,怒道:"再多嘴,连你一并打了!看看你生的好儿子,天天搅得四邻不安。"

栾氏和栾贵吓得不敢吱声。

过了一阵,栾父道:"你们随我来。"

17.栾氏祠堂。

栾父领着夫人和栾贵敬香行礼过后。栾父上到供桌上,摘下挂着的先祖人像,露出后面的人像。

栾父指着人像道:"这位是孙晋先祖,晋国中军元帅荀林

父。我们先祖,当年在战场上身负重伤,奄奄一息,幸亏荀林父冒死相救,才留下栾氏一脉。先祖临终之时,千叮万嘱,告诫后辈莫忘此恩,这才有了一明一暗的两张画像。"

栾氏:"孙晋为何不姓荀?"

栾父:"荀林父死后,他的后人因为保错了国君,被当权者囚禁的囚禁,杀害的杀害,荀氏后人从此销声匿迹。"

栾贵:"把他们当祖宗一样敬了好几辈子,恩情也该还了。"

栾父:"饮水思源。这等大恩大德,不思回报也就罢了。要是再去祸害他们,有何脸面去见列祖列宗……"

18.栾宅后堂。

栾贵气狠狠地躺在床上,哼哼叽叽地嚷个不停。

栾氏安慰他道:"宝贝儿,你爹的脾气你还不知道?他平时对你多好啊,定是你惹恼了他,他才动手打你。"

栾贵:"我难受,我丢人……"

栾氏嗔怪道:"至于么,你爹打你丢什么人?"

栾贵嚎道:"不是这种丢人。换作冀康把我打成这样,也就认了。要让别人知道,我连孙况那个小白脸儿也打不过,今后怎么在人前混?"

栾氏听明白了,冷笑道:"你爹管得住咱家人,难道管得了天下人?"

栾贵听出话里有话,翻身坐起,道:"娘,你说得再明白些?"

栾氏:"真笨啊!你小叔见多识广,眼下就住在家里,你去找他商议。"

栾贵顿时明白过来,冷笑道:"孙况,你惹了栾爷,就不会有

好日子过。"

栾氏露出恶毒的笑容……

19.府城街头。

吃过早饭,孙况去学馆上课……

艾兰在街上闲逛,不远处有个少年朝这边走来。艾兰看着眼熟,闪在一边,等他走近侧目细看,果是那天遇见的少年。艾兰心里禁不住一阵狂跳,很想多看他两眼,也想知道他的住处。于是,她远远地跟在孙况身后……

孙况经过一处偏僻胡同,一个陌生人向他问路。孙况正要给他指路,身后有人一掌将他打昏,问路的陌生人将肩上的布袋当头罩下……

孙况被装进口袋,放在一个棚车内拉走。艾兰心里一惊,尾随而去……

20.林间小道。

栾叔等候在小道旁。棚车缓缓而来。

到了近前,栾叔问车夫道:"得手了?"

车夫点点头,与同伙把装人的布袋从车抬下,放在路边。栾叔上前,用脚踩踩,感觉不假,便从身上掏出一个钱袋,扔给其中的高个子。高个子掂掂分量,露出满意的神情,向栾叔拱手道:"多谢!告辞。"高个子与同伙钻进棚车,消失在林间小道上……

栾叔扛起布袋,朝密林中走去……

21.西山密林。

孙况被捆在一棵树上,栾贵得意洋洋地围着他绕来绕去,欣赏着自己的猎物。

栾贵:"叔,怎么把他弄醒?"

栾叔上前"啪啪"打了孙况两个嘴巴,孙况随之醒来。

栾叔:"这里交给你了,叔在外面给你把风。"

栾贵狞笑道:"好嘞。"

栾叔说完,离开了林子。

栾贵拿起早已准备好的一根荆条,走上前去对着孙况没头没脑地一阵乱打,口里嚷着:"姓孙的,犯在小爷手里,让你不得好死……"

孙况明白自己遭人暗算,怒气冲冲地望着栾贵。

栾贵打累了,喘着粗气道:"孙况,今天落在小爷手里,你还有何话说?"

孙况坦然道:"要杀要剐随便,哪有这么多废话?"

栾贵故作惊讶状,道:"英雄、英雄,少年英雄!佩服、佩服,在下真是佩服!"

栾贵说罢,抡起荆条狠狠地抽了孙况几下。

孙况强忍疼痛,骂不绝口。

孙况:"无耻小人,可恶之徒……"

栾贵:"你打了小爷不说,我爹又为此打我。小爷忘不了这个仇,才请人拿了你小子。"

孙况:"胡扯!能养出你这样的儿子,你爹也不是什么好东西!"

栾贵上前抬腿踹了孙况几脚,道:"你敢骂我爹?存心找死。我爹不让我碰你,我偏要碰你;不但碰你,还要杀了你。"

栾贵折腾了一阵,感觉气出得差不多了,立在孙况面前,恶狠狠地道:"孙况,记着,明年的今天就是你的忌日。可惜啊,你小子死到临头了,还不知道自己姓什么?"

孙况："我当然姓孙。"

栾贵："错了。你原本姓荀,晋国中军元帅荀林父是你的先祖。后来,晋国国君杀了你们家的人,你们就隐居起来。"

孙况："胡说八道,凭空捏造。"

栾贵："这都是我爹讲的,想来不会骗我,小爷就是为此挨的耳光。我搞不明白,晋国已经灭亡六七十年了,你们居然还姓孙,是不是装孙子很好玩啊?"

躲在暗处的艾兰听到"荀林父"三字,未免也是一惊!

孙况若有所思："难道我真的姓荀?怎么从未听爹讲过……"

栾贵："孙况,我们好歹也算朋友一场,我把我知道的都告诉你了,你也可以安心上路了。"

孙况长叹道："苍天哪!我若真是荀氏后人,你就日月倒悬、江河回流让我看看。"

栾贵："兄弟,省省吧,当心风大闪了舌头。老天真的有眼,世上早就太平了。"

栾贵从身上掏出一条细绳,上前去勒孙况的脖子。

孙况觉得将要离开这个世界,心里伤感之极,含泪道："爹,娘,孩儿先走一步,不能尽孝了……"

孙况话音刚落,林中起了一股旋风,奔着栾贵而来。栾贵感到毛骨悚然,脊梁上也渗出冷汗。他忙向后跳出几步,避开那股旋风。艾兰悄然出现在栾贵背后,一掌将他打昏在地……

22.城边树林。

艾兰和孙况气喘吁吁地跑到树林边,前面已经能够望见城墙,远处路上也有人走动。艾兰觉得没有危险了,方才停下来喘息。

孙况上气不接下气地道："多谢！多谢姑娘救命之恩。"

艾兰："谢什么？你不也救过我吗？"

孙况想想那天的事，觉出几分不好意思，道："那天，是我多事。"

艾兰看着伤痕累累的孙况，没有言语。

孙况鼓了鼓勇气，道："敢问姑娘尊姓大名？"

艾兰粉脸一红，轻声道："我叫艾兰，字怎么写，我也不清楚。只知道艾是艾叶的艾，兰是兰花的兰。"

孙况："艾兰，多好听的名字！"

孙况找根树枝，用手抚平地上的土，工整地写下了"艾兰"两个篆字。写完之后，指给身边的艾兰，道："这就是你的名字。"

艾兰仔细端详着自己的名字，觉得既奇怪又亲切。

孙况在"艾兰"的名字下面，写了"孙况"两个字，道："我叫孙况，就是这两个字。"说着，又在下面写了"荀况"两个字，接着道："也可能是这两个字。"

艾兰看看孙况、孙况看看艾兰，两人露出会心的微笑……

23.孙宅密室。

深夜，孙晋、孙氏和孙况三人立在林立的牌位前，一脸的凝重。

荀晋："孩子，我们的先祖是晋国太傅荀息，荀林父是我们这一脉的祖宗。想我先祖，当年为晋国开疆拓土，四处征伐，立下汗马功劳。怎奈奸臣当道，残害忠良，只能隐姓埋名，蜗居在此。如今身世泄露，栾家绝非良善之辈，张扬出去，难免有血光之灾。此处已不可久留。趁着各位列祖列宗牌位在此，荀况，你过来拜上一拜，认祖归宗。"

荀况上前行礼跪拜，之后站起身来。

荀晋上前跪拜，道："列祖列宗在上，荀晋无能，不能保得祖宗牌位立于故土。如今，危难之时，只能权宜行事。今日，荀晋斗胆将列祖列宗牌位焚毁，以免落入贼人之手，请列祖列宗海涵。待得荀晋有容身之处，必将再立列祖列宗神位，长相祭祀，永葆香火！"

荀晋说罢，示意荀况、荀氏，三人一同行跪拜大礼。尔后，荀晋将牌位取下，放于地上一角。荀况、荀氏一同帮忙，将牌位擦拭干净，集中在一起。荀晋打着火镰，荀氏取过引火之物，把牌位付之一炬……

等候牌位烧完的时间，荀晋道："况儿，你可知道，冀康爷爷是何等人物？"

荀况："孩儿不知。"

荀晋："他的祖上是英名盖世的晋国上大夫郤芮、郤缺，因食邑于冀，也称冀芮、冀缺。冀、荀两家世代修好，情谊笃深。我已经拜别他老人家，托他照看家舍。明天一早咱们离开府城，前往邯郸投奔你的叔叔荀武。"

荀况郑重地点了点头……

24.孙宅庭院。

阴云密布，三个黑衣蒙面人翻墙而入，真奔后堂，摸进了卧室，里面空无一人。听得远处传来说话声，三人隐于暗处，只见荀晋、荀况和荀氏提着灯笼从一间屋子出来。其中一个黑衣人做个手势，三人一拥而上。

荀晋听到动静，忙护着妻儿退至墙角，三个黑衣蒙面人如影随形。

荀晋厉声道："哪路英雄？何不以真面目示人？"

卖艺人微露赞许之意，道："果然不是寻常人物，有几分胆量！"

荀晋："在下身无余财，三位若要打家劫舍，怕是找错了地方。"

卖艺人："我们不为打家劫舍，只是要取你性命，以报当年血海深仇！"

荀晋听来人提及当年，猜想他们大概不是栾家派来，问道："我一生向善，宽厚待人，从未做过伤天害理之事，怎会与你们结下血海深仇？"

卖艺人扯下面罩，道："事到如今，我也让你死个明白。当年你的老祖宗，恶魔屠夫荀林父，为了给主子扩大疆土，在上党吁留、潞氏、黎侯，血洗赤狄军民，晋东南到处尸骨遍野，血流成河。你们得到晋景公的封赏，千余户赤狄人成为荀家的奴隶。我们正是赤狄后人，与尔等有着不共戴天之仇！"

荀晋明白过来，道："先人逝去二百多年，荀氏已历几世，后辈何罪之有？"

卖艺人："赤狄人生来就立下重誓，世代不忘血海深仇！只要发现荀林父后裔，必须将之赶尽杀绝！我等身为赤狄后人，自然要替先祖报仇！"

荀晋看看妻儿，道："事到如今，只有拼死一战。况儿，伺机带你母亲逃走。"

荀况、荀氏四下看看，不知所措……

荀晋将灯笼扔在地上，探手伸向腰间，抽出一柄青铜古剑。一抖剑身，直刺卖艺人。卖艺人没想到荀晋先发制人，心里一惊，当即向后退出丈余，暗叫一声："好！果是名门之后，出手不凡！"

荀晋仗剑而上,与卖艺人战在一起。另外两个黑衣人挥刀使剑齐上,荀晋见状,急忙回护妻儿。三人战成一团,荀晋以一敌三,毫无惧色。卖艺人见一时难以取胜,绕至荀晋侧面,甩手掷出两把飞刀。荀氏见势不好,挺身挡于荀晋身侧,两把飞刀正中前胸、小腹,荀氏倒在地上。

"娘——"荀况一声惊呼,扑上前去……

荀氏呻吟两声,抽搐几下,黯然离去。荀晋见状,肝胆俱裂,一声暴吼,剑锋立现杀气,奋力一击,将其中一黑衣人一剑穿胸。

卖艺人和另一黑衣人见同伴倒下,怒火中烧,拼了命地厮杀。黑衣人又取出两把飞刀掷来,荀晋侧身躲闪,挥剑划落一把飞刀,另一把飞刀扎在左腿之上。荀晋感觉伤口发麻,心说:"不好!刀上有毒。"

荀晋抬腿用力拔出飞刀,反手将飞刀向黑衣人掷去。黑衣人闪身躲开飞刀,却没法避开跟来的剑刃,被猱身上前的荀晋一剑割断咽喉,血流如注,倒地而亡。

卖艺人见荀晋腾挪之间,立毙两人,心生怯意,挥刀护身,反攻为守。

荀晋觉得头晕目眩,力不从心,大声朝荀况喊道:"孩子,别管你娘了,趁我还能挡一阵子,赶紧逃命去吧!走啊!"

悲痛不已的荀况伏在母亲身上哀号,不肯离去……

荀晋见状,心道:"速战速决,或许还能保住孩子性命。"主意拿定,发狠猛攻,卖艺人防守严密,且战且退,寻个破绽,一剑刺中荀晋左肩。荀晋后退几步,感觉天旋地转,心知命将不保,厉声冲荀况吼道:"孩子,走啊!听话,快走……"

卖艺人见荀晋步履不稳,左摇右晃,知道毒已发作,挥剑猛

杀,战不几合,一剑刺中荀晋,荀晋含恨而亡。

卖艺人仰天长笑,眼含热泪道:"各位先祖,晚辈今日得偿夙愿,手刃荀氏后人,快意之极!"

卖艺人说完,提剑走向荀况。一少女腾空飞下,挥剑拦在卖艺人面前。

卖艺人:"艾兰,这是为何?"

艾兰:"爹爹,你为何这样残忍?杀他父母也就罢了,怎么连个孩子也不放过?"

卖艺人恶狠狠道:"不共戴天之仇,理当鸡犬不留!"

荀况站起身来,问道:"是你?"

艾兰百感交集,表情极不自然,道:"是我。"

卖艺人甲:"艾兰,闪开!"

艾兰闻言,反向荀况身前退了一步,把荀况护在身后。

卖艺人:"闺女,这是为何,你与这小子认识?"

艾兰:"他就是那天河边救我之人。"

卖艺人怔了一怔,道:"是个好少年!不过,生为荀氏后人,势必难逃一死!"

艾兰:"爹,是他(指荀况),他们(指荀况父母)灭咱赤狄的吗?"

卖艺人:"不是,是他的先祖荀林父。"

艾兰:"他们没有杀人,为何要杀他们?滥杀无辜,于心何忍?"

卖艺人怒道:"滚开!国仇家恨,灭族之痛,岂能说了就了?"

艾兰:"你要杀他,连我一并杀了。"

卖艺人大怒,挥剑而上,艾兰与父亲战在一起。不几回合,被父亲一把将剑夺过,劈手给了一记耳光,喝道:"贱人!是非不

辨，不帮你爹，反帮仇人。"

荀况拾起父亲落在地上的剑，摆个剑势，道："你杀我父母，此仇不共戴天！今天，我拼死也要与你一战。"

卖艺人觉得一股视死如归的浩然正气迎面而来，不由得心中一凛；但一想起上辈人描述的赤狄族人死伤的惨状，看着地下刚刚死去的两个爱徒，怒火再度燃起，飞身上前。战不两合，荀况手中之剑已经震飞，卖艺人挥剑向荀况刺去，冷不防旁边闪过艾兰，以身相护，待得卖艺人明白过来，回手已经太晚，利剑穿胸，艾兰应声倒地。

荀况抱起艾兰，道："艾兰，你这是何苦来着？"

艾兰目光迷离，喘息着道："是我把你姓荀，是荀林父后人的事告诉我爹的，给你家带来杀身之祸，我死有余辜。"

荀况："这不是你的错。"

艾兰嘴角露出一丝微笑，凄然道："孙况，不，荀况，好好练字，将来……"话音未落，香销玉殒。

狂风大作，电闪雷鸣，暴雨倾盆而至……

卖艺人看到爱女逝去，悲痛欲绝，跪倒在地，哭道："天哪！我，我怎么会，怎么会杀了自己的女儿……"

荀况眼望死去的父母和艾兰，泪光里充满深情。荀况瞥了卖艺人一眼，拣起地上的铜剑，悲愤异常地道："你善恶不分，滥杀无辜，我和你这个杀人恶魔拼了！"

卖艺人此时已全然不顾荀况剑锋紧逼，看着倒在地上的女儿、徒弟，自言自语道："这些年来，我为复仇而生，为复仇而活。如今两败俱亡，我得到了什么……我悔没听圣人'和为贵'之言……"

荀况一剑向卖艺人刺去，卖艺人疯了似的一跃而起，旱地

拔葱一般将荀况提起,怒吼道:"今天老夫饶你一命,小子若还有种,能成大器,就去告诉那些帝王将相,天下苍生,国不可四分五裂,世不可没有法度,人不可弱肉强食……如此,也算你我两家人没白死,血没白流……"

卖艺人说罢,一道寒光,挥剑自刎……

雷声更响,闪电更狂,雨点更大。院子里的雨水汇成水流,几个人的鲜血同雨水汇合在一起,顺势而去……

25.府城郊外。

山坳间立起三座新坟,墓碑上分别写着:先考慈父荀晋之墓、先妣慈母荀氏之墓、艾兰之墓。身穿重孝的荀况跪在坟前烧纸,冀康、冀仁陪在一旁。

荀况模糊的泪眼中:浮现出荀晋指导荀况练剑的画面;荀氏给荀况送鱼汤的画面;艾兰从树上把荀况救下的画面;艾兰和荀况在林中奔跑的画面;艾兰看荀况写字的画面……

冀仁:"孩子,人死不能复生,你要想开些。爹娘去了,还有爷爷,我会把你像冀康一样对待,照料你们长大成人。"

冀康:"荀况,我们一起练武。练成一身好武功,再去寻找赤狄后人,把他们统统杀光。"

荀况喃喃道:"人为什么要互相杀戮?生死离别是何其的痛苦!和睦相处难道不好么?"

荀况起身,擦擦眼泪,望着远处连绵起伏的群山,若有所思……

26.府城冀宅。

几间茅屋隐在河畔林中,不远处有条小船拴在水边的柳树

上。木桩围成的小院内,木杆上挂着两张渔网,几只鸡在地上找食吃。

茅屋里,荀况正在收拾着自己的东西。

冀仁:"孩子,你真打算到邯郸去?"

荀况:"嗯。爹娘说过要到邯郸找叔叔,我得听他们的话。"

冀仁:"孩子,走也对。把你留在这个是非之地,也不是长久之计。且不说赤狄人会不会再来寻仇,单单栾家人就不好对付。邯郸毕竟有你亲人,也是国都所在,各方面都比这儿强。"

荀况:"我留在这里,只会连累大家。"

冀仁:"切莫这么说,我一把老骨头,没有什么可连累的。你若有个三长两短,我可没法向你逝去的父母交代。"

冀康动情地道:"有爷爷和我在,我们就是拼了性命,也要保你周全!"

荀况感激地望着他们……

27.府城渡口。

薄雾中,冀仁撑着篙,把荀况和冀康渡过少水。下了船来,三人站在对岸的码头上。

冀仁:"冀康,路上要有哥哥的样子,照顾好荀况。"

冀康:"嗯。爷爷,我不在家,你要保重好身体。"

冀仁:"你别操心这个,管好自己就行。"

冀仁看着荀况,由不得想起刚刚故去的荀晋夫妇。由于事发突然,虽然后事已了,冀仁总感觉这不像是真的。如今看着荀况远行,没有父母送别,按捺不住心里的伤感,泪水在眼眶里直打转……

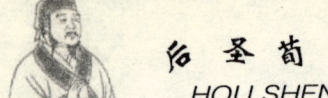

冀仁:"孩子,出门在外,不比守家在地的,要学会照应自己。小小年纪,就要你出去闯荡,爷爷心里不好受……"

看见冀仁哭了,荀况跟着落下泪来。他抹把泪水,止住情绪转而安慰冀仁,道:"爷爷放心,我到了邯郸找着叔叔,一定好好努力。将来长大了,有了本事,攒了钱,买座大房子,把您接到邯郸去住。"

冀仁哽咽道:"好,那敢情好,爷爷可就指着你享福了。"

冀康:"爷爷,你再哭,我也想哭了。"

冀仁擦擦眼泪,怅然道:"人老了,就没出息了,泪水也多。好,好,你们走吧。"

荀况、冀康上路前行。走不几步,冀仁想起了什么,喊他们道:"等等……"

两人立在路边,冀仁赶上他们,从路边的田里捧了一把土,送到荀况面前。

冀仁:"荀况,带点家乡的土。到了外面,水土不服就捏把土放在水里,喝了就没事了。"

荀况依言,腾出一个简袋子把土装好,放进行李里。

冀仁挥挥手,道:"走吧,把钱带好,路上小心!"

走出不远之后,荀况、冀康回身向冀仁招手;冀仁冲他们招手……

28.穿插镜头。

荀况、冀康走在乡间小路上……

荀况、冀康经过魏峨的上党关……

荀况、冀康离开写有"盱留"字样的城池……

29. 黎侯官道。

荀况、冀康正走着,前面慌慌张张地跑来几个人。其中一人冲他们喊道:"小伙子,赶紧躲躲!官兵抓人呢。"那人说罢,赶紧跟着其他人跑远了……

荀况:"抓人,抓什么人?"

冀康:"谁知道。"

正说着,一队骑兵急驰而来,接近两人时放慢了速度。一个头领模样的人看看他俩,用鞭梢指着冀康道:"把这个拿下!"后面的士兵滚鞍下马,上前把冀康抓住捆起。

冀康挣扎着道:"干什么?我又没犯法,凭什么抓我?"

头领问冀康道:"你多大了?"

冀康:"十五。"

头领:"年龄小些,个子还可以!算一个。"

头领说完,留下两个骑兵看着冀康,带领其他人离去……荀况、冀康互相看看,不知所措……不一会儿,后面一队步兵押着十几个人跟上来,骑兵把冀康交给他们,策马去追同伴……

荀况向一个被抓的中年人打听道:"老伯,他们为什么抓你?"

中年人叹道:"唉,又要打仗了,抓差当兵。"

冀康听罢,长出了口气,道:"早说当兵,何必抓呢?我愿意去。"

听冀康这么说,中年人一脸的无奈,道:"你一人吃饱全家不饥,当然无所谓。像我这个岁数,上有老、下有小的,我这一走,家里人可怎么过活?万一真去打仗,能不能回来都很难说……"

冀康不以为然道:"当兵可以做将军,有马骑,有卫兵,总比

种一辈子地强。"

荀况:"冀康,不要乱说!你想过没有?爷爷要是知道你被抓差,不知该有多着急!再说,经常地打仗,不断地死人,什么时候才能过上安定生活。"

中年人:"这位小哥说得在理!"

30.穿插镜头。

荀况起早贪黑,抄近路赶往邯郸,找叔叔解救冀康……

傍晚时分,乌云翻滚,电闪雷鸣,倾盆大雨扑天而至,荀况跑在山道上……

荀况冒雨来到一处农家,柴门上挂着锁。荀况四周望望,见旁边不远处有个废弃的窑洞,跑进里面避雨……

31.郊外窑洞。

外面的雨下个不停,荀况浑身湿透,冷得发抖。他见窑洞后面堆了一些柴草,便去挑些干柴堆成一团,引火取暖。生着火后,他在火边支了几根木棍,把湿衣晾在上面烘烤。荀况闲着无事,便取出简册,借着昏暗的火光,看了起来。荀况边看、边品味、边思考,不觉得天色渐晚……

不知什么时候,荀况身后多了一位白发苍苍的老妪。老妪拄着一根硕大的拐杖,两眼鹰隼一般锐利。她呆了片刻,荀况恍然不觉,只顾低头看简。

老妪干咳一声,道:"哪来的野小子?问都不问一声,就烧人家柴火!"

荀况闻声扭头去看,见一个老妇人站在自己面前,忙起身致歉,道:"婆婆,是我不好,未经您老人家准许,就烧了您的柴

火。我赔您点钱,不知可不可以?"说着,荀况从身上取出几枚刀币,双手呈给老妪。

老妪冷笑道:"我这柴火金贵着呢,你那点小钱可赔不起。"

荀况为难道:"老人家,我真没更多的钱。"

老妪:"算了,钱我不要了。把你刚才看的东西拿来,我回去烧火做饭。"

荀况惊道:"不可,万万不可!这是《道德经》,无价之物,怎能用来烧火?"

老妪:"什么道德不道德?我说烧火就烧火。"

老妪说完,上前去拿简册,荀况忙把简册藏在身后。老妪身形一闪,不知用个什么手法,已然把简册握在手里。

荀况"扑通"一声跪在老妪面前,恳求道:"婆婆,我给您老人家磕头了,你可不能把它烧了啊。"荀况说罢,伏在地上不住地磕头。老妪使拐杖抵住荀况的身子,使他无法动作。

老妪:"竹片上写了几行字,真的有那么金贵?既然金贵,就应该牢记在心,何必拿在人前显摆。"

荀况:"婆婆,简册实在是极好的东西!远比心记好上百倍。"

老妪:"胡扯!记在心里才最牢靠,任谁也取不走。"

荀况转而问道:"婆婆,您知道您三十年前,或者三年前的今天在做什么?"

老妪:"谁人能记得如此清楚?莫说三年,就是三月前的事情怕也想不起来。"

荀况:"简册就能。只要你在三十年前的今天,在简上记下当时所做的事情;现在拿来再看,自然就能想起。"

老妪点头道:"不错!古人结绳记事,也是这个道理。"

老妪说完,把简送到荀况手里,微笑着道:"老身刚才是在逗你。山里人再穷,也不指着这个来钱。我进来有些时候,见你看简入神,全然不知有人进来,可见非常投入。如此勤学之人,老身生平未见。"

荀况接简在手,向老妪施礼道谢。

老妪道:"晚间你就睡这吧,窑后有隔年的干草,铺在身下也能凑合一宿。再添些柴,别让火熄了。千万记住,别把后面柴火引着就成。"

老妪说完,蹒跚而去,消失在夜幕之中……

32.郊外窑洞。

昨天的雨淅沥地下到天明,依然没有放晴的迹象。早晨,老妪披着蓑衣,端着饭食走进窑洞。荀况还在睡着,篝火早已熄灭。

老妪唤道:"孩子,起来,吃点东西。"

荀况没有动静。老妪又喊,依然如故。老妪走前去,探手一摸荀况脑门,热得烫手。

老妪暗道:"想必是昨儿淋了雨,受了风寒,发起烧来。"又仔细打量一眼荀况,道:"哦,这孩子戴着孝呢,真是可怜!待我回家取些水来。"

33.荀况梦中。

麻油灯下,荀氏在灯下一针一线地缝补衣服,荀晋和荀况两人在几案前研读简文。

荀况:"孔夫子曰:'仁义礼智信',这确是立人之本。孟夫子曰:'人性之善也,犹水之就下也。人无有不善,水无有不下。'爹

爹,此言与人的本性有些差异。人总是欲壑难填,追名逐利。有了一口,还想一斗;小小孩童,就知抢吃夺喝;你推我一把,我还你一拳;人之恶习,不经教化,不受调教,怎知荣辱羞耻?怎懂得宽容孝道?人性善,我却难以信服。"

荀晋:"孟轲乃当今名士。他如此说法,自有他的道理。孩儿所说,也颇有见地。善恶本在两可之间,全在后天教化。"

荀况:"老子曰:'恒使民无知、无欲也。使夫知不敢、弗为而已,则无不治矣。'他既不讲人性善,也不讲人性恶,而是说人性本来是纯洁素朴的……"

荀氏:"况儿,好好读圣贤书也就是了,为什么总要思来想去的?多费精神!天色不早,早点去睡吧。"

荀况听话地起身,往自己房间走去。行不几步,黑暗中忽然窜出一只斑斓猛虎,张开血盆大口,直向荀况扑来,荀况惊呼:"爹爹,救我!……"

34.郊外茅屋。

荀况惊醒之后,发现自己睡在茅屋之中。他不明白究竟发生了什么事?拼力去想,仍然一无所知。

竹帘一掀,进来一个蓝衣少女,荀况看着眼熟,脱口叫道:"艾兰。"

蓝衣少女一听,粉脸泛红,闪身出了门去。

荀况揉揉眼睛,不知为何?感觉身在世间,又恍然如梦……

片刻之后,老妪进来了,问荀况道:"你醒了?"

荀况点点头。他看看老妪身后的少女,既跟艾兰非常之像,又似乎有所不同。蓝衣少女见荀况注视自己,羞得低下头去。

老妪:"你认识艾兰?"

荀况:"我见过一个跟她很像的姑娘。"

老妪:"是不是随三个男子一起卖艺?"

荀况:"是的。三个男子一个身材魁梧,连鬓胡子;其他两个比他低些,都还年轻。"

老妪笑道:"肯定是了。她是艾菁,是艾兰的同胞妹妹。"

荀况听完,惊出一身冷汗,心道:"糟糕! 刚出狼穴,又落虎口。眼前的老妪看样子应该是艾兰的奶奶,或者姥姥了,自己该如何是好?"

老妪见荀况额头渗出了细汗,从身上掏出一个手帕给他擦拭,关切地道:"怎么出了这么多的汗,快快盖好,莫要再受凉了?"

老妪扶着荀况躺下,把被子给他掖好,道:"你早起昏倒在窑里,是老身把你背回来的。说来惭愧,也是我的不对,如果昨夜让你睡在这里,也就没有这些事情了。"

荀况:"多谢奶奶! 大恩大德永生难忘!"

老妪赞道:"啧啧,瞧这孩子,多会说话! 你谢老身也是应该。不过,你也该谢谢艾菁,亏得她为你煎汤熬药,你才能好得这么快!"

荀况看着艾菁道:"多谢!"

艾菁不好意思地微微一笑,荀况似乎看到了艾兰临终时凄婉的眼神,继而想起自己死去的双亲,心里一酸,泪水直在眼眶里打转。荀况怕让她们看到眼泪,忙把眼睛闭上。

老妪见状,道:"这孩子身子弱,让他多睡会儿。艾菁,我们出去吧。"

老妪和艾菁出了门去……

35.茅屋前院。

傍晚时分,感觉清爽许多的荀况来到茅屋外面。经过一段

时间的接触,艾菁已经不像刚见面时那么拘谨。

她见荀况出来,问道:"感觉好点了没?"

荀况:"好多了。"

艾菁:"你这是要去哪儿,怎么走进山里来了?"

荀况:"我要到邯郸去,听说这有条近道。"

艾菁:"是有条近道,不过走的人少。"

荀况借机问:"家里的婆婆,是你奶奶,还是姥姥?"

艾菁:"奶奶。"

荀况:"亲奶奶?"

艾菁莞尔一笑,透出十二分的可爱,道:"是呀,奶奶还有不亲的?"

老妪在茅屋里喊道:"外面天凉,风冷,回屋来说话,也该吃饭了。"

荀况、艾菁相视一笑,回了屋中。

36.郊外茅屋。

吃过晚饭,三人在一起闲聊。

老妪:"孩子,家里出了什么事?"

荀况:"我爹过世了。爹临终前,让我到邯郸去找叔叔。"

老妪:"你娘呢?"

荀况:"我娘,我小时候就没了。"

老妪叹道:"好可怜的孩子!你身上的伤怎么来的?"

荀况:"我爹欠了人家的债,死了没钱还,债主就拿我出气。"

老妪气得一跺脚,道:"天下竟有如此狠毒之人?若让老身遇见,定用手中拐杖打碎他的狗头!"

艾菁失声笑道:"奶奶,人家明明是人,你怎么要打狗头。"

老妪瞪了艾菁一眼,道:"你这妮子,明知故问,取笑奶奶?"

老妪知道艾菁不想让自己再问,以免勾起少年的伤心事,转了话题道:"孩子,你在哪儿遇着艾兰他们的?"

荀况:"上党关下,他们曾在我家借住一宿。"

老妪:"你家住在上党关?"

荀况:"嗯。"

老妪:"关上可有军兵把守?"

荀况:"有。"

老妪:"忘记问了,你叫什么?"

荀况迟疑片刻,道:"孙况。"

老妪:"家里还有什么亲戚?"

荀况:"没了。爹娘死后,剩我孤身一人。"

荀况说到这里,由不住想起了惨死的爹娘,眼泪止不住地落了下来。老妪见荀况哭了,眼眶也有些湿润。艾菁见不得别人伤心,跟着抹起了眼泪……

37.郊外茅屋。

经过昨天的医治,荀况感觉身体好多了,喝药吃饭过后,他收拾东西准备离开。

老妪见荀况要走,劝道:"孩子,急什么?雨刚下过,路上泥泞。等着中午出来太阳,晾晾路面再走。"

荀况巴不得赶紧离开这个是非之地,道:"没事。奶奶,我拣干处走。"

老妪:"艾菁为了给你治病,一早上山去采草药了。那专治伤寒解毒的青翘,长在高山深处。你现在走了,让她回来作何感

想？"

荀况心生暖意，一时无语。

老妪："孩子，你身子弱，不如在这里将养几天再走。艾菁她姐、她爹出门在外，我这里住得偏僻，她长年累月也见不着和自己年岁相仿的人。虽有我这个老太婆陪着，未免还是孤单。你要是不着急赶路，就再呆上几天，跟艾菁说说外面的事。"

老妪见荀况犹豫不决，道："且等等，走也不在乎这一时半会儿。我领你到后院看看，那里有好玩的东西。"

38.大山深处。

赤日炎炎，艾菁大汗淋淋，艰难地拨开丛生的荆棘，向山上攀登。

几株青翘，颗粒饱满挂在枝头。青翘丛下正蛰伏着一条吐着信子的毒蛇，伺机而动。

艾菁只顾采折青翘，岂知脚下的毒蛇伸头探起，向着艾菁的腿部一口咬去。

艾菁"哎哟"一声惨叫，毒蛇从草丛里溜窜而去。艾菁攥着几株青翘，从陡峭的山坡上滚落下来……

艾菁坐起，咬紧牙关，用手中的镰刀割破伤口，挤出毒血。又从划破的衣衫上，撕下一缕布条，捆在咬伤的腿部上方。

艾菁挣扎站起，跌跌撞撞向山下走去，一阵昏迷，她终于坚持不住，一头栽在山下的路口……

艾菁倒地不起，几株青翘还紧紧握在她的手里，格外醒目……

39.茅屋后院。

荀况跟着老妪转过茅屋，来到一处藤条围成的一个圆形空

地。空地上摆着一些石锁、木桩、木棍等物，显然是个习武场。

老妪从侧旁的一间小屋里，取出一张弓和几支箭，指着几十步远的一个草人道："拿住这个，看奶奶先射一箭。"

荀况接过老妪手中的拐杖，感觉甚是沉重，也不知是用什么木头做成。老妪持弓在手，信手搭箭而射，箭直飞而去，正中靶心。

老妪："这个好不好玩？"

荀况："嗯。"

老妪接过拐杖，把弓箭塞在荀况手里，道："你来试试。"

荀况搭箭上弓，却不能拉开弓弦。

老妪笑道："奶奶真是老糊涂了！这是五石的弓，你这个年龄，自然拉不动。"

荀况心道："也不见得。若是冀康在此，或许没有问题。"

老妪返回小屋，另取一把小些的弓出来，道："这是艾兰、艾菁平日练习用的，你来试一下。"

听说是艾兰所用，荀况顿时觉出几分亲切。他接弓在手，端详片刻，想象着她射箭的模样，拉开架式射了一箭，箭擦着草人飞过。

老妪："差点，再往右上些就中了。"

荀况又射几箭，总是射不中，有两支箭劲道不足，都没能射到草人跟前。

老妪见荀况已经累出了汗，道："力气不济，方法也不对，尚需好生练习。"

箭已射完，荀况前去捡箭。快要走到草人跟前时，荀况猛然发现扎着草人的木柱上赫然刻着"荀林父"三个大字。荀况心里一阵狂跳，掩饰住自己慌乱的心情，回来之后，问老妪道："奶

奶,柱子上刻着的'荀林父'是谁?"

老妪切齿道:"那是我家的仇人!"

荀况明知故问:"哦,他是哪儿人?"

老妪:"晋国人。"

荀况:"晋国灭亡已经六七十年,他也许早已不在人世?"

老妪恨恨道:"人早死了。只是不知埋在何处?不然非得掘坟挖尸,才解心头之恨!"

荀况心生一阵寒意,道:"对一个死人,至于这样么?"

老妪:"这是个恶魔。他当年带着晋国军队,杀了我们上万民众。"

老妪说到这里,觉得自己话多了,道:"都是老辈人的事了,你也不必知道。"

荀况依言,不再多问。老妪仿佛看到当年厮杀的场面,半晌不语……

40.郊外茅屋。

回到茅屋之后,荀况倒了碗茶给老妪端来。

老妪接茶在手,夸道:"这孩子,真是懂事。我要能有你这么个孙子,该有多好!"

荀况:"奶奶要是不嫌弃,我就给您做孙子好了。"

老妪:"呵呵,我可没有这个福分。"

老妪说到这里,想起了自己的孙女,道:"艾菁这妮子,怎么这会儿了也不说回来?"

41.茅屋前院。

老妪立在柴门外,朝山上张望。

荀况见老妪一脸焦急,道:"要不,让我上山去找找她吧?"

老妪:"算了,你路不熟。"

荀况:"你说给我大致的方向,我去找找她。"

老妪:"那好。她跟我说上南山了,你顺着前面的小路,一直往上走便是。"

荀况离开茅屋,往山上走去……

42.郊外茅屋。

汗流浃背的荀况,背着艾菁进了茅屋。

荀况气喘吁吁地喊道:"奶奶,快来,艾菁被蛇咬了。"

老妪听荀况这么一说,慌忙帮着荀况把昏迷不醒的艾菁放在床上躺好。老妪看看伤口,摸摸脉搏,脸色阴沉起来。她掀开墙角的一个木箱,从里面取出一个小箱子。打开小箱子,拿出一个紫色葫芦,取出几粒药,捏开艾菁的嘴,用水灌了进去。又拿出一把小刀,在艾菁已经青肿的伤口正中划了一个"十"字口子,用力往外挤血。

挤不出血的时候,荀况道:"让我来吸!"

老妪看看荀况,道:"好吧。"

荀况俯下身子,用力在伤口上吸吮……

老妪给荀况端来一碗凉水,道:"用这个漱口,别把毒血咽了。"

荀况照办,吸到后来,实在没有污血了。老妪把碾好的药泥敷在艾菁伤口上,用块干净的布条轻轻系好,然后把艾菁捆腿的带子解开。停了一会儿,老妪摸摸艾菁的脉搏,又探探她的鼻息,心情沉重地道:"脉息微弱,只能听天由命了。"

荀况伤感地望着老妪。老妪对荀况冷笑道:"我孙女因为给

你采药治病,才被蛇咬;如果没事,倒还罢了;如果有事,我定取你性命,与我孙女抵命。"

荀况初是一惊,他不明白老妪此时怎么会说出这番话来。他想起为自己舍身而死的艾兰,以及为给自己治病受伤的艾菁,坦然道:"奶奶,艾菁如果有事,不用您动手,我自行了断。如果能一命换一命,我情愿替她去死!"

老妪听荀况这么一说,略觉宽慰……

43.邯郸军营。

聚将鼓擂响,三军将领位列两班,廉颇将军威风凛凛升帐。

众将官齐呼:参见大将军。

廉颇:"众位将军,今日升帐,有军国大事部署。我赵国北方的中山国,狼子野心,为扩张国土,兵进与他为邻的赵、齐、燕三国周边,三国君王决定联兵,灭掉中山国!赵武灵王有旨,选一名将领兵出征,不知那位将军,愿当此重任,为国征战立功?"

几位将军竞相出列,道:"末将愿听大将军调遣!"

廉颇看了看出列的几位将军说:"众位将军,不惧生死,主动请缨,勇于报效国家,神勇可嘉!据我看来,荀武将军决胜帷幄,智勇双全,正是上好人选。荀武将军听令!"

荀武威武地向前一步道:"末将待命!"

廉颇:"此次出征,由你挂帅,你可在上、中、下三军各挑三千精兵,战车百乘,待机出兵,不得违命!"

荀武:"大将军放心。荀武当精忠报国,万死不辞!"

44.郊外茅屋。

傍晚时分,艾菁悠悠醒来。她看看守在自己身边的奶奶和

荀况,茫然道:"奶奶,我是怎么回来的?"

老妪见艾菁醒来,久悬的心终于放下,松口气道:"孩子,你要把奶奶吓死了!你怎么那么不小心,让蛇咬了?"

艾菁:"我想起来了,被蛇咬了之后,我自己捆了一下。往回走了一截,腿软得走不动,眼困得睁不开。后来的事,实在记不得了。"

老妪:"是孙况上山找你,背你回来的。他还帮你吸毒,不然你也不会好得这么快!"

艾菁闻言羞红了脸,再也不好意思说话。

老妪笑道:"这妮子,长大了,知道害臊了。"

荀况想起中午的事,也觉出一些尴尬……

45.穿插镜头。

艾菁躺在榻上,荀况给她读简、讲故事,艾菁出神地望着荀况……

老妪在菜地里忙活,荀况帮着挑水……

荀况躺在床上思考:"艾兰、艾菁和奶奶,他们都是好人。素不相识的人们为什么非要拼个你死我活,人性究竟是'善'还是'恶'……"

46.郊外茅屋。

几天后,艾菁伤势见好,荀况决定离开。

相处了一段时间,老妪已把荀况视为家庭一员,见他要走,不舍道:"孩子,难道非要去邯郸不成?奶奶真是舍不得你!"

荀况:"爹临终前嘱咐我到邯郸投师学习,那里是都城所在,想来学业十分兴盛!"

老妪:"其实学习无处不在,不一定非要到那繁华之地。事事、万物都有一番学问,能够悉心体味皆可上进。你若喜欢读书,奶奶托人去买来你所需简册,在此学习不是更好?"

荀况虽然感动,可也担心哪一天知道真相的艾菁和老妪会与自己反目为仇,依然坚持要走。老妪见状,也就不再多劝。艾菁心里难过,眼圈兀自红了。

47. 荀武府邸。

府内小院一角的刀架上,竖插一排刀、枪、剑、戟,颇有武将家风。

荀武大步流星直奔府堂。

比荀武年轻许多的夫人在府堂恭候道:"将军军务劳累,难得休闲,今日早早回府,却是为何?"

荀武:"爱妻那里知晓,为夫又要率兵出战了。"

夫人:"何地征战?几时出征?"

荀武:"此次出兵中山国,必是一场恶战,不日就要起兵。"

夫人:"领兵打仗,流血断头,啥时也是挑你先上,真乃气人!"

荀武:"将军报国,沙场捐躯,使命天职也。话又说回来,此次出征,生死难料,有一事,深埋心中,很想说与爱妻知道。"

夫人:"但说无妨。"

荀武:"兄嫂贤侄,尚在猗氏故地,为避国祸仇杀,隐姓埋名,苦度生涯。多年未见,昼思夜想。倘若这次他国阵亡,还望爱妻把他们接到都城邯郸,一来与你相伴照应,二来也分给他们些家产,享一点我的阵亡将士抚恤,我也可瞑目九泉了。"

荀武夫人眼珠几转,表情复杂,嘴上却一语双关说:"将军

身经百战,大难不死,必有后福,何来这捐躯阵亡之说。若有万一,为妻定自有安排,肥水定然不会流入外人之田……

荀武对夫人的一番言谈,不知深意何在……

48.郊外茅屋。

老妪支开艾菁,与荀况单独叙话。

老妪:"孩子,你走归走,奶奶不留你。奶奶对你有救命之恩,你打算如何报答?"

荀况:"大恩大德,铭记在心!奶奶有何差遣,我赴汤蹈火,在所不辞!"

老妪:"艾菁为给你治病,上山采药险些丢了性命,你打算如何对她?"

荀况一时不解,茫然道:"她有什么吩咐,我一定照办。"

老妪:"你把艾菁从山上背回来,又给她吸毒,俩人已有肌肤之亲。'男女授受不亲',你叫我家艾菁今后如何做人?"

荀况这才明白老妪的本意,一时不知所措道:"这个……"

老妪:"你嫌弃我家艾菁?"

荀况:"不是。"

老妪:"那是为何?"

荀况:"一来,我在服丧期间,不宜谈论婚事;二来,我年龄尚少,还想出去学习,成就一番事业。"

老妪:"我只是想让你和艾菁有个约定,将来长大成人,明媒正娶,也不枉艾菁舍命救你一场。"

看到艾菁,荀况就会想起艾兰。对艾菁,荀况有种本能的亲切。荀况百感交集,又不能说出真相。短暂思考之后,荀况道:"奶奶,只要艾菁愿意,一切听凭奶奶做主。"

49.茅屋前院。

老妪在院里摆好香案,焚香祭祖,跪拜天地之后,让艾菁和荀况跪在香案前。

老妪看着荀况道:"今日由我做主,把艾菁许配于你,你可愿意?"

荀况:"愿意。"

老妪再看看艾菁,她羞涩地点点头。

老妪:"那好,你们一起给艾家的列祖列宗磕个头吧。"

荀况、艾菁依言,恭恭敬敬地磕了个头。

老妪:"再给孙家的列祖列宗磕头。"

荀况、艾菁依言,恭恭敬敬地又磕了个头。

荀况示意艾菁,两人恭恭敬敬地给老妪磕了个头。

老妪脸上溢满了欢愉,笑道:"呵呵,有点拜堂成亲的意思了。"

荀况和艾菁相视一笑,都不好意思起来。

50.茅屋前院。

天色灰蒙,薄雾刚刚散去,艾菁、老妪送荀况上路。

老妪:"孙况,记着你说过的话。"

荀况:"奶奶,请您放心,我一定不会忘记!"

老妪:"如此甚好!"

荀况俯身跪拜老妪,老妪忙把荀况扶起:"孩子,何必行此大礼?"

荀况:"奶奶大恩大德,无以为报,我先给您老人家磕个头吧。"

老妪扶起荀况,眼含热泪,道:"孩子,不用这样,一路保

重!"

老妪看看孙女,道:"艾菁,奶奶老了,走不动了,你代我送送孙况。"

荀况和艾菁告别奶奶,上了乡间小道……

51.黎侯郊外。

两人相随着走了一段路后,天色渐见明朗。

荀况停下,对艾菁道:"你腿伤才好,别送了。"

艾菁心事重重,道:"你我今日一别,怕是相见无期。"

荀况心里一愣,道:"何出此言?"

艾菁:"跪拜奶奶之时我就看了出来,你已无意再回此地。我本草芥之人,实在不敢高攀,你就当没有这回事,忘掉这里的一切吧。"

荀况欲言又止,他不敢想象,知道姐姐和爹爹死讯的艾菁,会是什么状态。荀况心情沉重道:"艾菁,我们已经拜过天地神灵,就一定要信守诺言。只是我有不得已的苦衷,日后相见时我再慢慢说与你听。"

艾菁:"嗯。"

荀况解下项间玉佩,送到艾菁手里,道:"艾菁,此玉随我多年,你留下做个纪念。"

艾菁收好,从头上取下一支银簪,道:"我没有贵重之物可以送你,这只银簪你且收起,以后看到它,多少想想我。"

艾菁说罢,伤怀不已……

荀况好言劝慰片刻,两人依依惜别……

52.邯郸城门。

荀况向店铺伙计打听荀武,店铺伙计摇头……

荀况向行人打听荀武,连问数人一无所获……

荀况在街上走着、问着,有人给他指点路径。荀况向那人致谢,朝他所说方向走去……

53.邯郸街道。

一列马队奔来,冲开街上的人群。之后,几辆战车和一队骑兵急驰而过。荀况挤在人群中好奇地观看。

字幕:公元前301年,中山国侵赵,燕赵两国联兵进攻中山国。

行人甲:"瞧这架势,不知又要跟哪国开战?"

行人乙:"听说去攻打中山国。"

行人甲:"刚才为首战车上的将军真是威风!不知叫什么?"

行人乙:"那是廉颇将军的副将,荀武将军。"

荀况一听,喜出望外,忙问:"你说的可是荀武将军?"

行人乙:"正是。"

荀况闻言,挤出人群,朝那队人马追去,边追边喊:"叔叔……我是荀况……叔叔……"

路上行人不解地看着奔跑的荀况……

荀况身影渐渐远去,邯郸都城的十里大街上,洒下"叔叔——,我是荀况——"的哀哀悲声。那队骑兵已经不见踪影,只有扬起的尘土缓缓散落……

54. 邯郸荀府。

荀况来到挂着"荀府"牌匾的门前。他看看门口守卫的军士,朝台阶上走去。

军士甲喝道:"站住,干什么的?"

荀况上前问道:"这里可是荀武家?"

军士甲:"住口!你怎敢直呼将军名讳?"

荀况:"我是他侄儿,从猗氏前来,请您通报一声?"

军士甲:"将军不在,你改日再来。"

荀况:"好歹替我通报一声,我远道而来,找不到叔叔生活都没着落。"

军士甲打量荀况片刻,揣度道:"瞧他模样,跟将军似有几分相像。真是将军侄儿,如果不给通报,日后定会挨骂。"想到这里,他对一旁的军士乙道:"你在这守着,我进去通报。"

军士乙:"好的。"

荀况如释重负,立在门前等候。

不一会儿,军士甲返回,扫兴地对荀况道:"夫人说,从不知道猗氏之地有将军的什么亲戚,你请回吧。"

荀况失望之极,央求军士甲道:"我要见我叔叔!你让我进去……"

军士甲为难地说:"这位小哥,不是我不放你进去。实在是夫人有话,小的不敢违命。唉,夫人,也真是的,见一面问问何妨……"

军士乙:"这孩子挺可怜的。你要找荀将军,不妨到军营去找,将军兴许还没有领兵出征。"

荀况:"军营在哪儿?"

军士乙:"出了北门,十里之外有座军营,你到那里问询一下。"

荀况拖着沉重的步伐,万般无奈地走了……

55.城外军营。

荀况一路打听,辗转来到军营。只见营帐连绵,似乎没有边际一般。营门前车马进出,兵士穿梭,往来频繁,井然有序。

荀况壮着胆子上前,向守门卫兵打听道:"荀武将军在不在里面?"

卫兵喝道:"滚开!再乱打听,抓你坐牢。"

荀况吓得退了回来。隔了一阵,他不肯死心,又上前去问。这下惹恼了卫兵,抬手用力一推,荀况跟跟跄跄险些跌倒。

卫兵骂道:"小兔崽子,军营重地!岂能容你擅闯?"

荀况站稳之后,复又上前,哭道:"荀武是我叔叔,我要找我叔叔……"

卫兵上前当胸一脚,把荀况踹翻在地。荀况从地上爬起,气愤之极,猛然发力,一头把卫兵撞倒在地。旁边的几个卫兵看见,跑过来把荀况扭住,摁在地上。

几辆战车从军营驶出,为首正是廉颇。廉颇看见几个军士把一个小孩子按倒,示意驭手把车停下,问道:"为何喧哗?"

卫兵见是大将军,连忙行礼:"参见大将军,这个小孩想进军营找人。"

廉颇:"岂有此理!"

卫兵:"他说荀武将军是他叔叔,非要找他不可。"

廉颇闻言,脸色稍缓,下了战车,吩咐卫兵道:"放开他。"

卫兵领命,把荀况放了。廉颇走到荀况面前,问道:"你叫什么?"

荀况:"荀况。"

廉颇:"荀武将军是你叔叔?"

荀况:"嗯。"

廉颇责怪道:"你这孩子,找叔叔该到家里去找,跑到军营来做什么?"

荀况:"我去家里了。门卫不让我进去,婶婶不知有我这个侄儿。"

廉颇:"这就怪了。我来问你,你可真是荀将军的侄儿?"

荀况:"我也不知。爹娘临终前让我来邯郸投奔叔叔,说他在廉颇将军麾下当差。"

廉颇:"既然你爹娘如此说,想必是了。老夫便是廉颇,荀武正是我的副将。"

荀况一脸惊讶,道:"您就是百战百胜的廉颇将军?"

廉颇笑道:"我是廉颇不假,可不是百战百胜。"说到这里,廉颇忽然想起了什么,接着道:"荀况,你刚才说什么,爹娘临终前?"

荀况点了点头。

廉颇:"可怜的孩子,不是走投无路,也不会寻到这里来。荀武婆娘着实可恶!无论真假,也该把你收留下来,等你叔叔回来再做定夺。"

荀况:"伯伯,我叔叔上哪去了?"

廉颇:"你叔叔已领军出发,现在怕是早在百里之外。"

荀况:"伯伯,你能不能带我去见他?"

廉颇:"不能。"

廉颇见荀况满脸失望,安慰他道:"孩子,别担心。你叔叔不管你,伯伯管你。我原来还想把你送回你叔叔家,如今看来也不方便。干脆,你就在我府上住下,等你叔叔回来如何?"

荀况道:"多谢廉伯伯!"

廉颇说着,搀着荀况上了战车,一队车马消失在夜幕之中……

56.邯郸廉府。

廉颇回到府中,歇息片刻,找来武师问话。

廉颇:"这几天,荀况可有长进?"

武师:"回将军,荀况虽然聪明,却不用心练武,天天捧着《春秋》、《左传》之类的简册,爱不释手。"

廉颇:"这孩子,究竟想做什么?让他速来见我。"

武师走后,不一会儿荀况进来,跟廉颇施礼道:"见过伯伯。"

廉颇示意荀况起身,道:"我来问你,你不专心练武,去学那些简册做甚?"

荀况:"我学的是富国强兵、辅佐帝王之道。"

廉颇不屑道:"本想趁着这段时间,把你好好培养一下。伯伯想让你成为一员虎将,他日为国上阵杀敌。你却不知轻重,妄谈什么帝王之道。须知治国是大王之事,天下都是打下来的。"

荀况:"伯父,恕我直言,武力虽可夺取天下,却不能征服人心。"

廉颇:"如此说来,要我和你叔叔这样的将士何用?"

荀况:"国家既需要像伯伯这样能征善战的武将,也需要治国安邦的文臣。只有这样,才能国泰民安,天下太平。"

廉颇:"小小年纪,道理懂得不少。你的当务之急是要好生学习文韬武略,一刻也不能懈怠!做事不能好高骛远,须知大事

都是从小事做起,要循序渐进。"

荀况:"这正所谓:'不积跬步,无以至千里;不积小流,无以成江海。'"

廉颇:"说得不错!这话谁教你的。"

荀况:"我自己想的。"

廉颇不相信这话荀况能想出来,道:"再来几句。"

荀况:"骐骥一跃,不能十步;驽马十驾,功在不舍。锲而舍之,朽木不折;锲而不舍,金石可镂……"

廉颇见荀况侃侃而谈,将信将疑道:"好了,你的'锲而不舍,金石可镂',跟我刚才说的是一码事。只是个别地方,我一时无法理会。"

荀况:"伯伯,这些言论还不精致,待我回去再做整理。"

廉颇:"龙生九子,秉性各异。既然你无心习武,伯父也就不再勉强。我认识一位当今名儒,你若能拜他为师,跟他好生学习,将来一定能够大有成就。不过,兵书也要读些,连年征战,策略战术很有用场……"

荀况静静地听着……

57.虞府门前。

荀况跟着廉颇下了战车,门口侍从忙进去通报。少时,虞卿迎了出来。

虞卿:"不知将军驾到,有失远迎,失礼、失礼。"

廉颇:"虞先生客气了。"

虞卿:"里面请。"

廉颇随着虞卿向府里走去,荀况和两个副将跟在身后……

58.虞府院内。

走进前厅,穿过回廊,经过一个水榭。水塘内荷花绽放,游鱼嬉戏。两边绿柳垂荫,清静宜人。

廉颇赞道:"好!果然是个好住处。"

虞卿:"承蒙大王厚爱,恩赐一座庭院,在下真是受宠若惊!"

廉颇:"先生学识名扬天下,理应受此礼遇。不过,这么优雅的庭院,我若住下,定会闷死!净是些花花草草,连个骑马射箭的地方都没有……"

59.虞府客厅。

两人说笑着来到客厅,分宾主坐下。仆人送上茶点,言归正题。

虞卿:"将军公务繁忙,怎有空闲来到府上?"

廉颇:"前来搅扰,是有一事相求。"

虞卿:"何事?"

廉颇:"我遇到一个天才少年,想让他拜你为师。"

虞卿:"在下才疏学浅,怕是难以胜任。再者,邯郸学馆林立,自有高明老师。"

廉颇:"虞先生,这就是你的不是了。你有这么好的学问,总得收个学生传承?不是我多事,实在是这孩子学识品位非同一般!如果找不到一个好先生,怕是把他耽误了。"

虞卿看着立在廉颇身边的荀况,道:"你说的是他?"

廉颇:"正是。这孩子昨天说了一段话,我一下子想不周全,只记得有句'锲而不舍,金石可镂',印象深刻!"

虞卿揣度一下,道:"这句的确不错!"

廉颇:"这孩子说起来一套一套的,让他说与你听。"廉颇回身看看荀况,道:"把你昨天说的那段再说一遍。"

荀况向虞卿施礼过后,立于两人面前,朗朗而道:"不积跬步,无以至千里;不积小流,无以成江海。骐骥一跃,不能十步;驽马十驾,功在不舍。锲而舍之,朽木不折;锲而不舍,金石可镂……"

廉颇见虞卿听得入神,示意荀况可以了。

廉颇:"虞先生,你饱学经书,这些话以前可曾有人说过?"

虞卿:"没有。我也是初次听到,耳目一新!"

廉颇:"荀况,你还有没有别的了,尽管说来,请虞先生指点一下?"

荀况:"近来没有,只是年前写的一段话还能记起来。"

廉颇:"快快说来。"

荀况想了想,道:"君子曰:学不可以已。青、取之于蓝,而青于蓝;冰、水为之,而寒于水。木直中绳,輮以为轮,其曲中规,虽有槁暴,不复挺者,輮使之然也。故木受绳则直,金就砺则利,君子博学而日参省乎己,则知明而行无过矣。故不登高山,不知天之高也;不临深溪,不知地之厚也;不闻先王之遗言,不知学问之大也……"

虞卿听罢,抚掌赞道:"好,好,妙极!真如清音入耳,沁人心脾。"

廉颇:"像我这样的武夫,也能听明白都是些至理名言。"

虞卿:"不错,浅显易懂,寓意高远,实不多见!"

廉颇见时机成熟,笑道:"虞先生,这样的学生你收不收啊?不收我可领走了。"

虞卿想起刚才之事,笑道:"将军所托之事,在下岂敢不从?"

廉颇、虞卿哈哈大笑……

上集

拜虞卿師

60. 虞卿书房。

木架上层层叠叠地摆满了竹简,荀况如饥似渴地学习……

荀况和虞卿谈论读简心得,虞卿频频点头……

61. 穿插镜头。

一匹骏马奔驰在大道上。骑马的将士腰挎宝剑,身背行囊,骏马疾奔如飞,马背上的将士还嫌不快,不时加鞭。骏马四蹄飞花,穿过树林,越过村庄,驰入赵都大街,直奔廉颇军营。

62. 廉颇军营。

廉颇大将军正在军帐议兵。将士在军帐前滚鞍下马,匆匆进帐跪倒在廉颇面前道:"参见大将军,末将从中山国前线归来,有重大军情禀报!"

廉颇:"将军快快请起,中山国军情如何?快快讲来。"

将士:"燕、赵、齐三国将士,血战半载,中山国全军覆没,已经灭国!"

廉颇:"荀武将军出师大捷,班师回朝之日,定奏明赵武灵王,殊加封赏!"

将士悲痛地说:"荀武将军已经以身殉国,为国捐躯了……"

廉颇闻听此言,如雷轰顶,几乎站立不稳,他声嘶力竭问道:"你说荀武将军他怎么了?他、他、他怎么了……"

将士打开行囊取出荀武血染的头盔、征衣,双手捧上说:"就在强攻中山国都城的最后一战,决战时刻,荀将军冲锋陷阵,不幸身中数箭。众将士冒死把将军救回大营,终因伤势过重,不治身亡。将军临终之时说……"

廉颇:"荀将军临终之时说了什么?快快道来……"

　　将士说:"将军为国捐躯,不求马革裹尸,归葬何处。唯求将这头盔战袍送回猗氏故地,建一衣冠冢,同父母葬在一起。将军还说多年末见家乡兄嫂、小侄,他们隐姓守业,黄连苦命,令他揪心思念。他让部下转告大将军,念他追随大将军为国效命多年的分上,把他兄嫂侄儿接到都城,由大将军做主,在他府上给兄嫂侄儿一立足之地……"

　　廉颇闻听荀武临终之言,早已禁不住悲声大放说:"荀武将军,我的好兄弟,我会遵你所嘱,在你父母身边为你修墓建冢的。将军生前不知,你的兄嫂已经惨死,你父母双亡的侄儿,夫人不肯相认,我会把他当成我的孩子,抚养长大的……"

63.邯郸王宫。

　　王宫大殿,赵武灵王高坐殿堂之上,两边文臣武将各站一边。

　　赵武灵王:"众位爱卿,今日有何本奏?"

　　一大臣上前道:"启奏大王,齐国使臣求见。"

　　赵武灵王:"宣。"

　　不一刻,齐国使臣进殿,向赵武灵王行礼过后,站在殿中。

　　赵武灵王:"齐使来赵,有何使命?"

　　齐使:"微臣受齐湣王所托,特来请贵国猜个谜语。"

　　闻听此言,大殿之上一片哗然。

　　赵武灵王:"那齐湣王可笑之极,无聊之极!赵国岂和这无聊之辈玩此把戏!"

　　齐使:"这并非把戏。上年燕、赵、齐联兵灭中山国,两国瓜分中山国土,中山姿王逃亡我齐国,请求湣王发兵救援,光复失地。我齐国兵力强大,要吃掉中山国易如小菜一碟,不曾想让燕、赵

二国拣了这便宜!赵国文无能臣,武没饶将,凭什么同燕国同吃共分中山国这块肥肉?我齐国君臣焉能袖手旁观!如若不服咱就先文后武,比试比试。"

赵武灵王:"文的怎说?武的怎讲?"

齐使:"文的么就是猜个谜语,若猜得对,赵国所分中山国土,原封不动,悉数归赵。若猜不对,就将所占中山国之地割一半给齐。若猜不出谜,又不让土割地,齐王就依中山姿王之愿出兵,在战场上争个高下,帮中山国收复失地。这就叫先文后武,先礼后兵!"

赵武灵王怒道:"好个霸道条款,简直欺我赵国无人!此谜不猜也罢,你回去告那齐湣王老儿,赵国雄兵三十万,战车上千乘,笑傲群雄,剑指天下,何国能敌?岂怕他从赵国把瓜分中山国的土地夺走!"

赵武灵王怒喝一声:"退朝!"说完,不待群臣、齐使反应过来就拂袖下殿而去。

相国肥义老谋深算,略作思考后,他对就要下殿散朝的齐使和群臣道:"使臣与诸位同僚留步,殿内暂候一时,本相还有要事与大王相商。"

64.赵王后宫。

余怒未消的赵武灵王在后宫气得走来踱去。

肥义走进后宫在赵武灵王面前跪倒说:"大王息怒,臣有话说。"

赵武灵王:"相国请起,有话请讲。"

肥义:"齐国以猜谜挑衅,不妨应战接招。"

赵武灵王:"齐国这次必有备而来,谜底一定离奇古怪,万

一猜它不准,岂不让齐国耻笑我赵国真的国无能人。"

肥义:"想我赵国,人杰辈出,若是有人破解此谜,赵齐两国就免动一场干戈。倘真的无人能猜得此谜,再兴兵开战不迟!"

赵武灵王:"如此,就依相国之言,先打这场文仗。只是那齐使不知此时在何处?"

肥义:"我让齐使与群臣仍在朝堂等候。"

65.赵都大殿。

赵武灵王与肥义重回朝堂。

赵武灵王:"本王本不想理睬这无聊之举,相国肥义说服本王,接齐国这一招。齐使何在?是何谜语?不妨说来。"

齐使:"猜谜有个条件,大王答应了条件,才有说的必要。"

赵武灵王:"什么条件?"

齐国使臣:"如果赵国能在两个时辰之内猜出谜底,齐王决不食言。赵国所分中山国土地尽归赵国所有;如果猜不出,就请赵国将所占中山国土地半数归齐。"

赵武灵王:"君无戏言,一言为定!"

齐国使臣微微一笑,从怀中取出一个锦囊,举给众人看过后,道:"诸位,谜底就在这个锦囊之内。锦囊精心缝制,并有齐王御印加封。只要答出谜底,打开锦囊一看便知真假。不过,你们也不能信口乱猜,只能选出一个答案与谜底比对。"

肥义:"这个自然。"

齐国使臣:"大王,现在是否可以出示谜面。"

赵武灵王:"可以。"

齐国使臣打开一个加锁的木盒,取出一条锦缎,上书:何物无足可飞?何物无爪能洞?何物"五技皆穷?"(打三个动物)

殿上文臣武将看过之后，面面相觑，半晌没人言语。

赵武灵王见此情形，便跟齐国使臣道："两个时辰尚早，请使臣到偏殿歇息一下，届时再来比对谜底。"

齐国使臣知道赵王是要和群臣商议答案，面带不屑冷笑，便在侍从引领下，到偏殿休息去了。

66.赵王大殿。

使臣走后，大殿之上一片喧哗，群臣你言我语，谜底乱七八糟，不知谁对谁错？

赵武灵王："众位爱卿，有谁知道谜底？快快说来。"

殿下群臣鸦雀无声，谁也不敢保证自己的谜底与齐国的谜底完全一致。

赵武灵王焦急道："众位爱卿，时辰有限，大家没有一致意见，如何是好？"

肥义上前道："看目前情形，群臣皆令人失望。须得赶紧张贴榜文，招募能者答之。"

赵武灵王权衡片刻，道："相国，此事交由你办，速于城中繁华之地张贴榜文，悬赏百金，招募能解此谜者。张榜之处备下车马，有揭榜者立即载来。不得有误！"

肥义匆匆出殿，张罗张榜之事。

赵武灵王看着殿中的群臣，叹道："想我赵国文臣武将，国之栋梁集于一堂，竟无一人能解此谜！"

群臣见赵武灵王这么一说，齐齐跪倒谢罪，皆道："微臣无知，罪不可赦……"

赵武灵王见状，正言反说道："众卿平身，有罪的应该是寡人才是。"

群臣更加诚惶诚恐，请罪不已，殿内乱作一团。

67.赵都邯郸。

宫士在繁华之处,张贴着写有谜面、招募解谜人的皇榜。众人纷纷围观摇头。荀况正从此处路过,也挤进人群去看,荀况从头至尾浏览一遍,毫不迟疑地伸手揭下这张皇榜。

守在一旁的军士见一少年揭榜,急忙上前斥责道:"小小孩子开什么玩笑,敢揭皇榜,闹不好可是要杀头的!"

一老者也好心走过来说:"听说满朝的能臣都解不开这个谜底,孩子,这祸你可是闯大了!"

荀况镇定自若地说:"这有何怕,何难,这皇榜我揭定了。"

守榜的军士看着荀况底气十足的样子,不敢怠慢说:"小兄弟,你果能解开这谜底,俺说你不是人,是神!请上车。"

军士将荀况拥上豪华马车,飞驾而去。

众人有的摇头,有的叹息……

68.赵都朝堂。

赵武灵王眼看时辰快到,早已坐立不安。

荀况手持皇榜快步走上金殿,跪拜说:"小民拜见大王。"

赵武灵王:"下跪何人?"

荀况:"揭皇榜,解谜底之人。"

赵武灵王定睛一看:"小小孩童,敢来朝堂戏耍本王,拉出去砍了!"

荀况毫不畏惧说:"小民为国分忧解难,并非戏耍,何罪之有?"

赵武灵王:"这一孩童,你真能解开谜底?"

荀况:"敢拿人头担保。"

丞相肥义匆匆上殿奏曰："启奏大王，又有一揭榜人在殿外等候。"

赵武灵王："快宣，快宣。"

肥义："揭榜人上殿。"

时已中年的蔺相如跪拜赵武灵王，口称："草民拜见大王。"

赵武灵王："平身。那位孩童也平身吧。"

赵武灵王："你们二人果能猜出此谜？"

荀况、蔺相如不约而同答道："朝堂之上，王权之地，岂敢妄言！"

赵武灵王："本王有言在先，如若不懂装懂，必玩火自焚，寡人定斩不饶！本王网开一面，若无十分把握，特别是那位孩童，现在退出，为时不晚！"

荀况、蔺相如都斩钉截铁道："没有退出之说。"

赵武灵王："既然如此，时辰不早，两位请说谜底。"

荀况："且慢。大王最不放心的是我这个孩童。两人中先说者可无争议，后道者难免落下掠人之美之嫌疑。依我之见，不如我们二人，各自将谜底写下，一来避嫌，二可让大王与群臣验证，两人可否想在一起，判断解谜对错，岂不更有把握。"

赵武灵王："这一孩童，果然想得周密，谋高一筹，就依此而办。"

侍从拿来笔墨、竹简，二人各自拿笔写出谜底、标好姓名，把竹简交与侍从；侍从将两个竹简呈到赵武灵王几案前。赵武灵王一看，二人的竹简上分别写着：螣蛇，螣、梧鼠。赵武灵王大喜过望，哈哈大笑道："一字不差，如出一辙，定是谜底无疑，真是天降神童，天降人杰于我赵国也。"

群臣齐齐跪拜，道："恭喜大王、贺喜大王。"

赵武灵王："众位爱卿平身,快宣齐国使臣进殿!"

69.赵王大殿。

齐国使臣进殿,向赵王行过大礼。

赵武灵王："谜底已经猜出,请使臣取出齐王锦囊比对。"

齐国使臣取出锦囊,递于侍从,侍从把锦囊呈到赵武灵王面前。赵武灵王特意把荀况写的竹简递与侍从,侍从把竹简呈给齐国使臣。齐国使臣看罢,一声长叹。赵武灵王拆开封印,取出锦囊里面的谜底比对,果然一般无二。

赵武灵王："使臣事先已经知晓谜底?"

齐国使臣："微臣知道。"

赵武灵王："所答谜底可否正确?"

齐国使臣："十分正确!"

赵武灵王："我泱泱赵国,人才济济,兵强马壮。你回去转告齐王,请他遵守诺言,两国修好,别在中山国土地之分上再生非分之想。"

齐国使臣："微臣明白。"

齐国使臣看着手中竹简,向赵武灵王行礼道："大王,微臣还有一个不情之请,很想认识一下这位解开谜底的大人。"

赵武灵王心说："我早知你会问这个。"他笑道："同时解开谜底的不是一人,而是两位。这两位都并非朝廷官员,〔指蔺相如〕这位是宦令缪贤门下一舍人布衣;〔指荀况〕那一位还是个,此时我还未问姓氏名甚的弱冠少年。"

荀况谦恭道："小可姓荀名况,一学子而已。"

齐国使臣简直不敢相信,以为赵武灵王请人猜出谜底,专门找个小孩来戏弄自己,便道："大王,既然其中一位是这位少年,我想请教一下？"

赵武灵王:"但说无妨。"

齐国使臣走到荀况面前,道:"请问,'无足可飞'如何解答？"

荀况:"'螣、螣蛇',语出《尔雅·释鱼》。螣蛇是一种龙,它虽没脚,却能腾云驾雾,飞游天际。"

齐国使臣:"'五技皆穷',当作何解？"

荀况:"梧鼠能飞不能过屋,能缘不能穷木,能游不能渡河,能穴不能掩身,能走不能先人。"

齐国使臣:"'无爪能洞'呢？"

荀况:"螾,俗名蚯蚓也；此物虽无爪牙之利,却筋骨之强,上食埃土,下饮黄泉,所以能破土穿洞,全在用心一也。"

齐国使臣赞道:"好个'用心一也'！"

齐国使臣向荀况深施一礼道:"佩服,在下佩服之极！赵国真乃人杰地灵之邦,一小小孩童,竟也能解齐国名臣高士,精研密策的谜底,在下今天长见识了。"

齐国使臣说完,拜别赵武灵王,心悦诚服而去。

70.赵王大殿。

齐国使臣离去之后,赵武灵王陶醉在胜利的愉悦之中,心想:"齐国煞费心机出此谜语,赵国不到两个时辰之内,就有二人能答对谜底,实在是令人欣慰;文人的一支笔,真可以抵几万大军;倒是朝中这些大臣的学识,未免让人失望……"

侍从提醒道:"大王,该退朝了？"

赵武灵王回过神来,道:"今日真是长我志气,灭齐威风,大快人心！"

群臣跪拜,皆道:"恭喜大王,贺喜大王。"

赵武灵王:"传旨,赏荀况、蔺相如每人百金。今日寡人高兴,今晚在琼林苑赐宴荀况、蔺相如,群臣作陪。"

71.虞卿府内。

虞卿在厅内踱着方步,并不时向门外张望。

虞夫人走上前问虞卿道:"时已过午,荀况这孩子回来没有?"

虞卿:"半晌时,让他去买几枝上好的狼毫毛笔,这般时候未归,我也正为此上火着急呢。已差仆人大街上去找。"

荀况一路大步流星进府过院走进大庭后,虞夫人急问:"况儿,何处去了,这般时候才回来?"

荀况看到虞卿不悦,赔笑说:"又让老师傅、师母为我操心了。今天学生去揭了一次皇榜,闯了一次金殿。"

虞卿惊颜道:"况儿你说什么?"

荀况:"今日赵王早朝,齐国来使发难。三条谜语让赵国群臣来猜,能解得谜底,两国相安无事。猜不对,割让赵国占得中山国土一半归齐,如若不服,两国在战场上再争高低。朝中无人能猜,才贴出皇榜招才解谜。此榜被学生揭了。"

虞卿急问道:"你可解得?"

荀况:"谜面上的'无足可飞,无爪而洞,五技皆穷',有的简中读过,有的恩师已教,故胸有经纶胆气豪,才敢揭榜登殿。"

虞卿:"幸亏况儿学识渊博,也幸运那齐国出谜之人,自以为高明,无人能猜。况儿,你想没想过,假若谜底暗设玄机,埋下毒招,或以假乱真,你揭榜闯殿,同样会大祸临身,有掉头之险。"

荀况点头默认,眼窝一热说:"也曾这样想过,但此想转瞬

即逝。为了齐赵两国和睦相处,不再刀兵相见,滥杀无辜,化干戈为玉帛;为了像荀武叔叔那样的将军士兵,只为卫国守疆不顾生死,不为灭杀他国而血染征衣,一去不归,我才甘愿冒死揭榜。"

虞卿听了荀况这番慷慨陈词,也禁不住热泪盈眶说:"况儿,你天资聪慧,铁骨柔肠,宅心仁厚,为师有你这样的学生,这辈子死而无憾了……"

荀况言犹未尽说:"还有一位宦令缪贤门下舍人,叫蔺相如的也揭了皇榜,他与我的答案分毫不差……"

虞卿惊异沉吟道:"蔺相如?一个堪比文曲,一个恰似天枢,双星际会,世上果有这惊世奇才……"

荀况:"赵武灵王传旨,赏蔺相如与我黄金百两,今晚在琼林苑赐宴,还要文武百官作陪。"

虞卿神采飞扬说:"为师虽被赵王拜为客卿,待为上宾,也未如此盛宴风光过。况儿,你给为师光耀门第了……"

72.赵王御苑。

琼林盛宴,灯火辉煌。赵武灵王坐在偏殿正中,两边有宫娥陪伴。文臣武将分爵位而坐,虞卿虽无官职,由于特别受赵武灵王器重,与相国肥义同坐首席之上。

荀况、蔺相如居中席而坐。

肥义与虞卿举起杯来,肥义赞道:"老朽今日方知,少年神童荀况,原来是荀武将军之侄,你的学生,不愧名师高徒。"

虞卿:"老丞相也许不知,荀况父母双亡,前来投奔叔父,荀武将军出征中山国,廉颇大将军收养了苦命的孩子。大将军治军边防,要是大将军今日也在都城,不知该有多么高兴……

肥义:"少年才俊,难得、难得。先生略等片刻,待老朽同他们同饮一杯,以表祝贺,去去就来……"

肥义端杯来到荀况、相如席前。二人慌忙站起,口称:"相国大人好。"

肥义:"赵国难得二位英才,国之大幸。今日与二位满斟一杯,共喜共贺。"

荀况、相如同道:"小辈何德何能,敢劳相国大驾。"

肥义一面说:"不必客气,应该,应该。"一面手把酒壶,先给蔺相如斟满一杯,又给荀况杯中添酒。

肥义添酒时,荀况说道:"满了、满了,再斟就寔(置)不哈(下)了……"

蔺相如闻听荀况此言,不由惊喜异常地问道:"荀况,相国老大人给你斟酒,分明是杯满盛不下了,你怎说'寔不哈了',你是哪里人?怎也会我家乡方言。"

荀况:"我乃少水之滨,猗氏府城人氏。我们那里就把盛叫寔,把下叫哈。"

蔺相如激动不已道:"幸会、幸会,我是少水上游,猗氏和川人氏,我先祖祠堂就在和川玉龙山。"

荀况喜不胜喜道:"老乡,我们是老乡!"

蔺相如:"正是。"

相国肥义闻言惊呆,一时发怔……

荀况:"你贵庚几何?"

蔺相如:"虚度三十七个春秋。"

荀况:"我才十三岁,您是长辈,以后我就叫您叔叔吧?"

蔺相如:"你抬爱我了,在赵都巧遇你这少年英才,已是我蔺相如的缘福。"

荀况亲切地说:"叔叔。你这个叔叔当定了。"

愣在一旁的肥义,此时才反应过来,他高举酒杯,面向群臣道:"原来这少年英才荀况和这人中英杰蔺相如,是赵国猗氏同乡!让我等共同举杯,为这对猗氏双骄,一代风流,英星聚会在赵都,干了这杯酒,同喜同乐吧!"

群臣:"好一对猗氏双骄,干……"

73.虞府书房。

两年之后,荀况在虞卿的培养下,学识日见增长。这一日,虞卿走进书房,见荀况正在那儿看简。

虞卿:"荀况,不要老待在家里,多到户外走走。"

荀况:"是,师父。"

虞卿走到荀况跟前,看看简上的内容,道:"又在读论语?"

荀况:"嗯。师父,'克己复礼为仁'。言下之意是,克制自己的欲望,使自己的言行都符合礼就是仁。"

虞卿:"是。随时注意约束自己,克服种种不良习性和私心,符合礼,才能做到仁。"

荀况:"徒儿以为:'克己'应该是克制、战胜自己的私欲;'礼'不应局限于具体的礼节,而应引申为天道,天理;'仁'就是内心完美的道德境界。"

虞卿:"有些道理。"

荀况:"只是这样一来,'复礼'就应该遵循天道。天道应该是还其本源。人要遵循天道,也应顺其自然,'克己'还有什么意义?"

虞卿:"这个,为师真还没有想过。"

荀况:"'以礼治情',君、臣、仕、农、工、商,等级不同,分工

各异,如果不能做到'明分使群',制定法礼制度,用刑律作保障,'天下归仁'如何实现?"

虞卿:"要实现'天下归仁',当以'礼义'为根本,再辅以'法礼'才行。"

荀况:"孟子的'民为贵,社稷次之,君为轻',百姓虽是国之根本,无法更替,但君王毕竟掌管着万千民众,君王的作用真不重要么?"

虞卿:"荀况,你所学所想,不同一般。待为师慢慢想来,改日再回答你。"

荀况:"嗯。"

荀况又开始看简。虞卿不想打扰他,离开了书房。

74.郊外茅屋。

清明时节,潞氏之地茅屋。老妪心事重重。

艾菁:"奶奶你在想什么?"

老妪:"孙况走了多久?"

艾菁:"算到今日,他离开咱家整三年一个月零二十一天。"

老妪哑然失笑,亲昵道:"死妮子连几年、几月、几天都数算着,是不是天天都想着他?

艾菁羞答答道:奶奶再这样说,俺就不理你了。"

老妪:"俺孙女大了,知道害羞了,奶奶不说就是了。话说回来,孙况那小子,表面仁仁义义,骨子里还不知寻思啥哩,说好的他到邯郸寻亲,有了下落就回来报信,可他一走三年有余,音信全无,让人牵肚挂肠,是不是咱看错人了。"

艾菁:"孙况不像奶奶所想的那种人。也许他投亲不遇、流浪街头。或许他有难处、遭遇不测……"

老妪道:"俺的乖孙女,你替孙况想得好辛苦,看来这辈子你心里只有一个孙况了……"

艾菁双手捂脸道:"奶奶又取笑俺了……"

老妪收住笑容、一本正经地说:"兰儿,奶奶这些天来有一烦心事想对你说。"

艾菁:"奶奶请讲。"

老妪:"记得那孙况说他是上党西关人,他在那里见过你爹爹和你姐在那里卖艺。如今三载已过,不见你爹爹和你姐回来,我想他们一定凶多吉少。我想趁这把老骨头还硬朗,到那里去找寻他们的踪迹。"

艾菁:"此地离上党西关路途遥远,孙女也日夜思念爹爹和姐姐,要去孙女陪奶奶一起去。"

老妪:"上党西关离咱潞氏也就留吁一地之隔,关西是猗氏之地。那猗氏正是灭咱赤狄的荀林父的老窝。我想你爹爹和你姐是不是有难于那里。"

艾菁:"你已是古稀之年,路上有个好歹如何是好,要去我一定陪奶奶去。"

老妪:"这几年,奶奶早就想去寻你父你姐,要是能带你去就不用等到如今。奶奶此行,生死未卜,所以苦等这几年,就是怕奶奶不能活着回来,你年龄尚小,一个女孩,怎能活得下去。如今你已长大,即使奶奶有个三长两短,你也能照料自己了。听奶奶的话,你休去冒此风险了。"

艾菁:"要死要活,我都要和奶奶在一起。我不会让奶奶一个人走的。"

75. 虞府院内。

虞卿出了书房,在院中散步,看到夫人在水塘边喂鱼,便走了过去。虞氏见相公走来,便把手中的鱼食扔进塘内,由着鱼儿们争抢。旁边的侍女递上浸水的手帕,虞氏擦拭着玉手。

虞卿:"夫人,青花(塘中一条大鲤鱼的名字)今天可曾出来?"

虞氏:"没有,等了半晌也没见它,不知跑哪去了?"

虞卿:"不知怎么,忽然感觉老了。"

虞氏:"相公正值盛年,怎么说起这种话来?"

虞卿:"与荀况相比,我的学识已经不如他了。"

虞氏:"荀况这孩子,天资聪颖,又好学,自然是与日俱进。不过,他和你比起来,还是有差距的。"

虞卿:"何以见得?"

虞氏:"他博学,你善谋,各有千秋。"

虞卿:"还是夫人了解我。"

虞氏:"呵呵。"

虞卿:"夫人,书房里所存上千卷简册,荀况在这两年里已经全部读完,有的简册虽已读过数遍,仍是卷不释手。"

虞氏:"那就差人再去买些他没有读过的简册回来。"

虞卿:"这也不是办法,应该让荀况走出去,学百家之长。"

虞氏:"赵国哪里有这样的去所?"

虞卿:"赵国没有,齐国有。自齐桓公在稷下创办学宫,至今已有七十多年。天下名士,不论儒家、道家、兵家,还是纵横家、农家、医家、阴阳家,云集学宫,群英荟萃。我想把他送往稷下,让他在那里博采众长,成就自己的学业。"

虞氏:"不行。荀况才刚十五,虽然成人长大,毕竟还是个孩

子。即使要到稷下,也应该再等几年,有个十八九岁方可。"

虞卿:"这个我已想过,让刘洪和刘氏陪他前去。刘洪老成持重,忠厚可信。刘氏心地善良,家务娴熟。二人是夫妻,跟前又没儿女,到稷下负责照料荀况的生活起居,应该不成问题。"

虞氏:"嗯,这倒是个办法。不过,廉颇大将军已把荀况视为己出,况儿远走齐国,须征得他同意才是。"

虞卿:"夫人想得周到。先让况儿思想有所准备,再与大将军去做商定。"

76.上党关下。

上党西关,攀关山道、关下村庄。艾菁搀扶奶奶吃力地攀上上党关,但见山势险峻,气势雄壮。艾菁与奶奶沿着山路走下,走进一村庄。艾菁与奶奶坐在村头一棵大树下歇脚。一中年砍樵担柴之人从此路过。

艾菁彬彬有礼地走到担柴人面前叫声:"这位大哥,小女子这厢有礼了,这里可是上党关西? 此村什么村名?"

打柴人放下柴担说:"不错,这里就是上党关西。这村往西十里地面都叫上党谷。"

艾菁:"这上党谷可有一个年龄十四五岁,叫孙况的年轻人吗?"

打柴人:"上党谷十里八村叫筐的人确有几个,张筐、王筐、李筐都有,也有两个叫孙筐的。"

艾菁:"这地方怎么会有这么多叫'况'的人?"

打柴人:"村里人很多人出工干活时,常把孩子放在箩筐里,孩子长大后也常背着箩筐采药、挖菜,这里的庄户人家家会编箩筐,干活离不开箩筐,叫'筐'的也就多了。"

艾菁摇头说:"他不是箩筐的'筐',他是情况的'况'。"

打柴人:"也许乳名就是'筐',学名改成了'况'。"

艾菁:"大哥说得也有些道理。请问那两个孙筐,可有父母双亡的?"

打柴人:"这些年战乱不断,瘟疫连连,父母双亡的孤儿村村都有。前边村里是有个叫孙筐的孤儿。"

艾菁:"他如今在哪里?多大年龄?"

打柴人:"他在流浪乞讨。年龄不过十岁。"

艾菁失望地摇头说:"上党关西,我怎么没问清楚他是上党关西何寨、何村呢?"

老妪也走到打柴人面前问道:"这位小哥,近几年你可见过有一中年汉子带着一个女子,两个徒儿在此杂耍卖艺吗?"

打柴人略有思索,打量了一下艾菁,很惊奇地说:"有、有,那女孩软功十分了得,太像眼前这位妹妹了。"

老妪对艾菁说:"看来况儿说他在上党关西见过艾兰不是谎话,孙况是上党关西人一定也不假。请问小哥,这里离猗氏古城还有多远?"

打柴人:"不远,翻过前边的三不管岭,过了少水即是,不过六七十里之地。"

77.虞府后堂。

虞卿和夫人反复斟酌,再三考虑,拿定主意之后,把荀况叫来商议。

荀况到来,向师父、师娘行礼过后,坐在一边的几案后。

虞卿:"荀况,书房的书你读了多少?"

荀况:"除了医卜之类的简,差不多读完了。"

虞卿:"有个比这儿书简多十倍的地方,你可愿去学习?"

荀况:"当然。"

虞卿:"齐国的稷下学宫,你知道多少?"

荀况:"师父以前讲起过,咱们赵国的慎到就在那里。别国的,像淳于髡、环渊、接子、田骈、邹奭等人都在那里著书立说,谈论国家兴亡治乱的大事。"

虞卿:"到稷下学习,你意下如何?"

荀况:"去是想去,只是我不像师父那么有名气,人家恐怕不要我?"

虞卿:"这个你不用担心,由师父来安排。我让刘洪夫妇陪你前去,如何?"

荀况吃惊道:"师父,你不去么?"

虞卿:"我不去。"

荀况:"你不去,我也不去了。"

虞卿:"为何?"

荀况:"荀况只想跟着师父做学问。既然师父不想去,我也不去了。我在家里跟师父学习,学业也能长进。我以前听人说过,学问处处都在,只要用心,在哪学习都一样。"

虞氏:"荀况,上午我和你师父商量过了。你现在正是学习的年龄,到了学宫那样的环境中,会成长得更快一些。你跟着你师父,只能学到一家之言,你应该去融会百家之长,成就自己的事业才是。"

荀况:"术业有专攻,只要学精一门就能安身立命。学宫百家争鸣,我去了这学一点,那学一点,就像邯郸学步一样,怕是连原来的也会忘记。"

虞卿:"这孩子,学习是借鉴地学,并不是去学别人的忘自

己的,而是要学别人的长处,摒弃自己的短处,扬长避短,融会贯通,成为自己的东西。"

荀况:"我舍不得师父、师娘。"

虞卿见荀况这么说,一时没有话说。

虞氏:"荀况,自从前年你叔叔为国捐躯之后,廉颇大将军和我们就把你当作自己的孩子。你现在走,我和你师父也舍不下你。好男儿要学鸿鹄,志在四方;莫学蜗牛,一辈子走不出自身。当年孔子、孟子也是游学四方,成就大学问的。你读圣贤书不是一天两天了,这些道理应该懂得……"

荀况:"容我想想,再答复师父、师母行吗?"

虞卿:"不必多想,多想无益。况儿,你廉颇伯伯从边防回来,他要你到大将军府相见。"

78.猗氏府城。

城中摊点杂陈,街头人来人往。艾菁背着包裹陪着奶奶向行人打听着什么,多是摇头摆手之人。一个背着红果糖葫芦串的人迎面走来。

艾菁:"请问大伯,近年可见有父女和两个徒儿在此地杂耍卖艺?"

卖糖葫芦人:"不断有人在此卖艺,不知你要找的是那一伙,哪一家卖艺之人?"

这时栾贵啃着一串糖葫芦,一面摇头晃脑走来,边走边道:"打听什么人,要问就问咱家,这伊氏城中没本少爷不知道的事。"

栾贵走到艾菁面前不看犹可,一看不由得魂飞天外、面如土色、浑身哆嗦,一股液体从裤管而下……指着艾菁说:"艾兰、

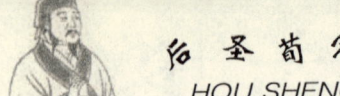

艾兰、你是人是鬼？"

老妪一听"艾兰"二字，不由得目露凶光问："谁是艾兰，艾兰在哪里？"

栾贵惊恐地指着艾兰道："是她、鬼、鬼，城南坟墓里的女鬼……"

艾菁步步紧逼道："快说、城南坟墓在哪里？"

栾贵边走边退，鬼哭狼嚎道："鬼来了，鬼来了……"扑通"栽倒在地，他连滚带爬到一个店铺门前，看到一只破筐，伸手抓起戴在头上，顺手又拾起一只破盆……"

栾贵再爬起来时头戴破筐，手敲破盆，大摇大摆叫喊道："女鬼来吧，我是天神下凡，我不怕鬼，鬼是奶奶，鬼是俺娘……"

街上的人都指着栾贵说："栾贵这个孽种疯了，这个早就该死的混混疯了……"

79、将军府邸。

大将军府的练兵场上，廉颇将军正一招一式演练拳法。一招凌烈刚毅的拳头打出，拳风直震得树晃枝摇，落叶纷飞。

荀况走近大将军身旁，亲切地喊了声"伯父——"

廉颇见是荀况，急忙收住拳脚。一面叫着："况儿。"亲热地拉着荀况在一条石凳上身贴身坐下。

廉颇："伯父军务缠身，又常在边防前线奔走，对你照顾不周，伯父给你道歉了！"

荀况："没有伯父恩养，也许我今日还不知在何处流浪，伯父和师父就是荀况的再生父母。"

廉颇："遵你叔父遗愿，我已亲赴生你养你的猗氏故地，为

你叔父建起一座衣冠冢。本想带你也去,又怕你旧景重见,难以经受伤父之哀、亡母之痛的打击,未带你回去,你不恨伯父吧?"

荀况忍不住掉下泪来说:"伯父总为我前思后想,垂怜疼爱,孩儿感恩难报,何敢言恨。"

廉颇:"伊氏之行,戍边将军李勇和他的贴身侍卫冀康,陪同我前往。"

荀况急不可耐地问:"冀康?伯父见到冀康了?"

廉颇:"我不仅见到了冀康,还见到了你冀爷爷。"

荀况如释重负说:"冀爷爷知道我和冀康的下落就好了。伯父你真是荀况的救星,孩儿离了你,心想的事儿都不成!"

廉颇慈父般一笑说:"况儿,今天叫你来,就是和你商量,伯父要把你放飞,庭院里练不出千里马,鸟笼里养不成大鹏鸟……"

廉颇与荀况从石凳上站起,边走边说着什么,荀况频频点头……

80.猗氏郊外。

四座坟墓分别写着"先考慈父荀晋之墓"、"先妣慈母荀氏之墓"、"艾兰之墓"、"无名氏之墓"。

四座坟墓都摆着祭品,墓前的香火还在燃烧,香烟缭绕。

七旬老翁冀仁打坐在荀晋墓前一面烧着纸钱,一面说道:"荀晋贤侄,你改姓隐踪也没逃过死于非命这一劫,如今下世,就放心认祖归宗姓你的荀吧,人已死去,也就不怕什么赤狄人再来报什么仇,雪什么恨了。对了,还要告知贤侄、贤媳,前不久廉颇将军来到猗氏故地,安葬为国尽忠的你弟荀武将军的英

灵,他曾给你扫墓,况儿的事你一定知道了吧……"

此时老妪与艾菁也来到墓前冀仁身边。

老妪问冀仁道:"请问老人家,这四座墓下之人可是你老的亲人?"

冀仁抬头观看,从艾菁的形象中看到艾兰的影子,已明白来者是什么人。冀仁摇头说:"非也。他指着荀晋的坟墓说:"这边是我的亲人,是被杀的人。"又指无名氏、艾兰坟墓说:"那边是我的仇人,是杀人的人。"

老妪指着无名氏坟墓问道:"那么这边杀人的人,又是被谁杀的?"

冀仁依然打坐在地上,脸色冷峻道:"那是一个为仇恨活着的人,他活着是为了报仇杀人,他被人杀也是咎由自取!"

老妪闻言,怒火中烧,紧握双拳,暗运内功,恨不得用双拳将冀仁砸扁!

冀仁闭目静坐,声色不动。只见全身隐隐一股内功真气从下而上只冲顶门。冀仁道:"怎么还不动手?"

老妪见状深知眼前这位老头是一个武功不凡的人,自知不是对手。口中却说:"有一事须问个明白,老太婆这把年纪,何惧生死!事情问明,再鱼死网破不迟!"

冀仁:"请讲。"

老妪指着无名氏、艾兰之墓说:"那里的祭品可是你摆,香火可是你点?"

冀仁:"正是。"

老妪:"既是仇人,为何还供他祭品香火?"

冀仁:"孤魂野鬼,却也可怜。他们虽是仇人,却也不是坏

人。"

老妪："你讲的话,我越听越糊涂了。"

冀仁："你会想清楚的。这无名氏也是个忠义之士,他复灭族之仇,我念他也算一条汉子。"

老妪："既是复灭族之仇,何言该死该杀?"

冀仁："可惜他是一个糊涂之士、草莽英雄,这深仇大恨本该记在王权霸道、王制野蛮的头上,他却在事过一百多年后,去找一个本来无辜的家庭大动杀戮,他杀错了人!"

老妪："自古以来,杀人偿命,父债子还,天经地义。"

冀仁："如你所言,杀人偿命,父债子还,子子孙孙、代代相传、一杀到底、没完没了,人就是为一个'仇'字而生,为一个'杀'字而活着?"

老妪无言而对,张口结舌道："这……"

侍立在奶奶身旁的艾菁动情地对奶奶说："这位爷爷说得对,爷爷是好人……"

冀仁这时站起身来,指着四座坟墓道："老人家,还有这位小孙女,实话告诉你们吧,这无名氏和他的徒儿杀害了这对夫妻,他们还要杀他年幼的儿子时,他善良的女儿挺身相救,不幸被他的爹爹误杀,这位父亲眼看着女儿死在自己的剑下,痛不欲生,拔剑自杀而死……"

老妪听到这里一阵头晕目眩,站立不住被艾菁急忙扶住,倒卧地上……

在艾菁哀痛的"奶奶、奶奶"呼唤声中,老妪缓缓睁开眼睛,指着眼前的四座坟墓说："菁儿,给那边屈死的大叔、大婶和你的爹爹、姐姐磕个头,咱们回家,咱们回家……"

后圣荀子
HOU SHENG XUN ZI

81.虞府门口。

筹措了几日之后,荀况准备上路。

虞卿取出一封信,递给荀况:"这是我写给慎到的信,你去了交给他,他会安排你的一切。"

荀况接过,放进行李内。

荀况恭恭敬敬拜别师父、师娘……

这时,蔺相如闻讯赶来为荀况送行。

蔺相如:"荀况,远走齐国,不知何时才能相见,怎么也不告我这故里老乡一声?"

荀况忙道歉说;"小侄失礼。到齐国是回是留,去后择情而定,说不定短时就会回来,故不想惊扰你这位同乡叔叔……"

蔺相如:"盼望你到稷下学宫,深得大家真传,早结不世圣果!"

荀况:"小侄深佩你大智大勇,你的大名已盛传赵都邯郸,企盼叔叔能大才大用,功成名就,千古扬名……

刘洪赶着马车上路……

荀况向虞卿和虞氏、蔺相如挥手……

虞卿和虞氏、蔺相如也向荀况挥手,注目远送……

看着荀况远去,虞氏擦擦眼角的泪水,道:"荀况到了稷下学宫,一定会集百家所长,成就一番事业。他的学问,迟早会超过你的。"

虞卿:"他成为一代大师,我会倍感欣慰!这就叫做——青出于蓝!"

82.潞氏郊外。

茅屋的炉火上煎药的药锅冒着蒸汽。病床上艾菁的奶奶病情严重。

艾菁把药锅端起,小心翼翼盛倒在喝药的碗中。

艾菁扶起奶奶给老人喂药。

老妪吃力地对艾菁说:"菁儿,不用再煎汤喂药了,奶奶活过这时活不过那时了……"

艾菁哭着说:"奶奶你的病会好的,奶奶不会扔下我而去的……"

老妪难过地说:"奶奶该死,奶奶后悔我和咱赤狄老辈人一样,没有教给子孙后代宽容,我给子孙种下的是仇恨的种子,是我害了你的爹爹、姐姐,仇恨害人害己啊……"

艾菁:"奶奶不必再提这些往事……"

老妪挣扎着用尽最后一点力气说:"那日病倒在你爹爹和你姐姐坟前,菁儿不该花银钱送我回来,奶奶死后最不放心的就是你……我死之后……你到邯郸……去找孙况……孙况……"

老妪说完气绝眼闭。

艾菁声嘶力竭地哭喊着:"奶奶——奶奶——"手中的药碗"砰"的一声落地……

83.赵国官道。

邯郸通往齐国的路上,荀况乘坐的马车正在赶路。

一摇一晃的马车轿内,荀况入睡,进入梦境……

荀况梦幻中重现父母惨死时要他速去投奔叔父的临终嘱咐……

荀况与冀康登攀上党关旧景重见。

两人在古松下磐石上暂歇。

不远处两只恶狼吐着长舌、眼露凶光,窥视着荀况、冀康。

荀况惊叫道:"冀康,快看恶狼,两只恶狼!"

荀况再看身边,居然没有冀康踪影。

两只恶狼闻声向荀况扑来,荀况大喊:"救命啊——救命——"

说时迟、那时快,只见两截木棒砸向恶狼。两只恶狼一瘸一拐逃窜。

荀况举目看时,原是老妪驱狼救他。

荀况扑向老妪道:"奶奶,又是你救了我……"

老妪怒色道:"你小子好没良心,说好的你到邯郸见了亲人就报信回来,怎么言而无信,三年不见踪影?"

荀况:"孙儿不敢。况儿本想拜师深悟治国之道,饱学普救天下芸芸众生之理,用我所学所悟,告知帝王怎样治国,官吏怎样理政,百姓怎样做人。待学业有成之日,去接奶奶和艾菁,以报救命之恩。"

老妪:"果真这样想的?"

荀况:"况儿决非谎言。"

老妪亲昵地说:"奶奶误会你了。难得况儿有这等雄心、孝心。"

荀况:"奶奶怎么会来到这里?"

老妪:"你不是说你是上党关下人嘛,奶奶几年没见你,以为你回到老家故地,奶奶是来找你的。"

荀况:"奶奶怎不带艾菁一道来,把她一人留在茅屋家中,孤苦伶仃,她一定会伤心难过的。"

老妪:"亏你还思念着她。我怎能忍心把她一人撇下。"

荀况:"艾菁现在那里?"

后圣荀子
HOU SHENG XUN ZI

老妪指着对面高山说:"她在那座山峰之上。"

荀况顺着老妪手指方向观看,果见艾菁身影。

荀况:"山峰悬崖危险,她在那里干啥?"

老妪:"上党关下人说,相传炎帝神农氏尝百草来到这里,发现这里的上党人参乃药中之王、人间瑰宝,有病治病,无病之人长期服用,却有百毒不侵之神效。她去采挖,说见你之后,定送你几棵百年老参。"

荀况:"山崖之上危险,我去唤她回来。"

荀况高声喊着:"艾菁——艾菁——",跑向对面山峰。

双峰相对,荀况的呼喊山鸣谷应。艾菁听到荀况的呼喊,也看到了荀况。

艾菁遥望荀况,万分激动,她挥舞着几株上党人参回应道:"我是艾菁——我在这里——孙况——况哥——那山等我——"

艾菁激情难掩,乐极生悲,只觉脚下一滑,顺着山峰,跌下悬崖,崖下深不见底……

荀况哭喊着艾菁——菁妹——,从噩梦中惊醒。

余悸未尽、泪流满面的荀况自言自语。自责道:"奶奶、艾菁你们还好吗?荀况对不住你们,因为两家恩爱情仇,你们哪知孙况即荀况也,只知有孙况怎能找到我荀况啊……"

(上集完)

下集

配相关镜头片花,出主要人物表
(以出场先后为序)

荀况:齐国上卿,稷下学宫祭酒,兰陵县令。

范雎:秦国丞相,封"应侯"。

艾菁:荀况义妹。

韩非:韩国公子,荀况学生,法家代表人物。

李斯:荀况学生,初为上蔡小吏,后赴秦求官,位至丞相。

秦昭王:嬴稷,即秦昭襄王。

齐王建:齐襄王之子,平生懦弱无为。

齐太后:齐襄王之妻,齐王建之母,史称"君王后"。

陈嚣:荀况学生。

黄歇:楚国左徒,帮太子即位后成为楚相,封"春申君"。

白起:秦国大良造,常胜将军,封"武安君"。

男主人:颖宁之父。

女主人:颖宁之母。

颖宁:秦国公主,秦昭王之义女。

嬴政:秦始皇。

李园:春申君的门客,后夺权任令尹。

李妍:楚考烈王王妃,李园之妹。

字　幕

战国时期,诸侯纷争割据,社会动荡不安。诸侯国君和各大贵族纷纷招揽经邦济世之才出谋划策、执掌军政,尊贤纳士成为社会风尚。齐国在都城临淄附近建立"稷下学宫",广招天下游说之士传道授业、著书论辩。儒、道、法、墨、纵横、兵家等学派"百家争鸣",学者们互相诘难批驳,彼此融合发展,形成了中国传统文化体系。

稷下学宫最后的一位大师,立足儒家,对各家学说进行了全面的批判总结、吸取修正,成为诸子百家集大成者,其"礼法兼治"的政治主张成为两千年来统治阶级的"治国宝典",他就是"三为祭酒"、"最为老师",被民主革命家章太炎尊称为"后圣"的——荀子。

1.稷下学宫。

时值秋天的一个傍晚。金乌西垂,晚霞夕照下的齐都稷下学宫尤显得巍峨壮观。

学宫门外停着一辆骏马驾驶的华轿丽车。从学宫大门走出一位长衣束带,仪表不凡,气宇轩昂,同当年的伊氏孙晋年龄相仿,貌同神似的学宫祭酒。与之相逢者纷纷谦恭施礼。

车夫刘洪恭迎说:"请祭酒大人上车。"

被称为祭酒大人的人说:"洪叔,让你久等了。"

字幕:三十年后,荀况

2.荀府客厅。

荀况正在书房读简,仆人来报:"先生,有客来访。"

荀况:"客厅里请。"

仆人带客人走进客厅。

在客厅等候的荀况见来人是范雎,紧走几步,躬身施礼道:"原来是范兄,有失远迎,快快上座,快快上座。"

范雎也还礼说:"祭酒乃当世名儒,泰山北斗,登门拜访,幸会,幸会。"

二人落座后,仆人奉上茶来。

荀况:"遥想二十年前,你我同到学宫深造,探讨人间正道,共研问鼎天下大计,岂不乐哉!五国攻齐时,两人惜别,岁月无情,如今都过而立之年。范兄志向高远,际遇可曾如愿?"

范雎长叹道:"先生声望如日中天,范雎寄人篱下,自愧弗如。仅在官府谋个差使,勉强度日。"

荀况:"闻说你同魏国中大夫须贾来齐,斡旋魏齐两国友好结盟。又听朝中人言,大王深佩你是个雄韬伟略,眼界高远,救国治世之才,想留你在齐国高就。我有心到驿馆探望,又怕给你带去不便,故而失礼也。"

范雎:"我无意留在齐国。记得二十多年前,秦昭王号称西帝。齐湣王妄自尊大,欲称东帝。是你审时度势,卓识远见,上表陈奏,劝湣王不可妄称东帝。如若称帝,中原各国一定不服,必引火烧身。湣王大怒,险送你性命。湣王称帝后,楚、燕、韩、赵、魏五国联兵,乐毅挂帅,齐国国土沦陷大半,齐湣王死于非命。若非田单起兵救国,齐早亡矣!我看这个襄王也同他的老子眼

光一样短浅。从魏齐友好结盟未果不难看出,齐襄王不是个救世的国君。"

荀况:"齐魏结盟,难道商谈不成?"

范雎:"结盟之事,付之东流。在下就是同你来告别的。不过襄王倒是真心挽留于我,并当着中大夫须贾之面,送我黄金百两,牛肉百斤,以表诚意。"

荀况惊问:"你可收下?"

范雎:"同须贾大夫商量后,牛肉留下,黄金退回。"

荀况沉思一番道:"范兄,恕我直言,你若是回魏,凶多吉少。"

范雎疑问道:"却是为何?"

荀况:"那须贾代表魏国来齐结盟不成,无功而返,自觉颜面无光。襄王却要留你在齐,还送黄金、牛肉给你。回魏之后,他必诬你从中捣鬼,里通外国,说不定给你带来杀身之祸。"

范雎全然不信摇头说:"人心都是肉长的,须贾岂能如此不顾事实,这样颠倒是非,我生为魏国人,还是回到魏国去,报效我的国家。"

荀况:"范兄赤子丹心,可钦可佩。然人性本恶,望范兄谨记防患于未然。"

范雎虽不信荀况的忠告,却也不能不为荀况的真情所动,感慨地说:"先生好心,在下领情不过,敬望先生也听范雎一言规劝:五国犯齐时,你力保稷下学宫,那燕将乐毅早在当年你到燕国游说燕王哙时,就敬仰你是当世罕有的圣贤,才使学宫免于战火。凭你这经天纬地之才,举世无双的学识,襄王虽拜你为学宫祭酒、学界领袖,也并非大用、重用。你究天人之际,通古今

之变,却不能入阁拜相。望先生也要学会扶藤攀高,借梯上楼,择良木而栖,以图他日呼风唤雨,华展大志雄风。"

荀况:"谢范兄高看。不过,扶藤借梯,非我所为,过于追逐势力,难免良知泯灭。"

范雎:"先生一身正气,范雎深为敬佩。公务在身,不便久留。在下告辞了,后会有期。"

荀况:"范兄稍等。"荀况从室内取出两块黄金递与范雎说:"些许黄金,聊备范兄急难时用。"

范雎难为情道:"先生赠金,愧不能受。"

荀况:"范兄如今,如虎落平阳,龙困浅滩,自家兄弟,何言馈赠。金钱虽身外之物,世人多为之拜倒。你我君子之交,别无他意,急难时以派用场而已。"

范雎再次拜谢说:"多谢先生厚赠之情。在下信奉'一饭之德必偿,眦睚之怨必报,范雎定恩报恩还。'"

送别范雎,荀况回味他的一番言谈,摇头不已……

旁白:范雎回魏后,果然被须贾诬陷,险被活活打死。苇席卷葬时,范雎复活。幸亏靴内藏有黄金,买通葬尸人,得以逃命秦国。世人都以为范雎已死,岂知几年后范雎化名张禄在秦国拜相封侯。

3.临淄大街。

道旁风吹树摇,落叶知秋。两个醉鬼喝得东倒西歪,脚步不稳地行走在大街上。

一蓬头垢面,背着行李,拎着包裹的中年妇女,正向路人打听说:"老大娘,可知有个叫孙况的住在什么地方?"

老大娘摆手说:"我还真不知道谁叫孙况,更不知他住什么地方。"

问路的女人道:"谢谢大娘。"两个醉鬼却走到女人面前说:"找孙况的不是?别说孙况,这临淄城里张况、李况住哪条街、哪道巷,爷们没不知道的。"

女人见是两个醉鬼,抬脚就走。两个醉鬼见状,紧走几步,拉住女人的行李无理取闹地说:"不是找人吗?哥哥给你引路。"

女人急忙好言赔话说:"谢大哥好意,今日天色不早,明日再找不迟。"

其中一个醉鬼说:"我这个人就这偏怪脾气,你要说不去找,我偏要陪你去找。"说着就去拉女人的手。

女人说:"大哥,别这样。齐鲁之地乃礼仪之邦,怎能这样对待俺这外乡之人。"

听罢此言,醉鬼们才端详起这个女人,两个醉鬼不细看犹可,细瞅慢观,竟惊讶得半天合不拢嘴,心中暗说:"好一个绝世美人!"

两个醉鬼顿生邪念,互相递了个眼色说:"大姐,出门人难,今晚住我家,明日带你去找人。"女人知道这两人没安好心,执意不从。两个泼皮流氓一个推、一个拉,就要强行把女人带走。

荀况的马车正行经此地,他透过轿帘,看到此景,命车夫停车下轿。

女人见轿车上走下人来,挣脱泼皮无赖呼叫着:"官爷救我——官爷救我——",跪倒在荀况面前。

两个流氓醉鬼见事不妙,逃之夭夭。

荀况躬身弯腰扶起落难女子。

女子惊魂未定地说:"谢过官爷相救之恩。"

荀况听到这熟悉的外乡口音,不由得看了这女人一眼,四目相对时,两人谁也不敢相信眼前的一幕却是真的。

荀况喜出望外,既心疼又难过地一字一顿地说:"你,是,艾,菁——?"

艾菁也按捺不住心底的激动,字字千钧地问:"你,是,孙,况——?"

荀况答道:"我是孙况,也是荀况。"

艾菁喃喃地念着:"孙况、荀况、孙况……"再也抑制不住心头的疼、眼眶的热、鼻子的酸,哽咽着说:"你让我找得好苦啊!"

4.稷下荀府。

门前红灯高挂,内室烛光通明。艾菁已脱下破衣旧装,换上新衣,正对着铜镜梳理一头乌发。艾菁虽已不是少女时的艾菁,饱经风霜后的她,经过一番梳洗打扮,依然美艳绝色,楚楚动人。

六十开外、年长不少的荀府佣人刘妈悄然走进房间,暗自欣赏惊羡艾菁的美貌容颜。艾菁从铜镜里看到刘妈的身影,回过头来说:"老人家请坐。"

刘妈:"夫人,先生说你梳洗更衣后,请你客厅用餐。"

艾菁闻听刘妈称她为"夫人",不由得满面羞云道:"老人家,俺至今未嫁,何有'夫人'之命。我叫艾菁,你就叫我艾菁好了。" 刘妈吃惊道:"为何至今未嫁?"

艾菁没有回答刘妈的惊问,却答非所问道:"老人家,客厅用餐,一定让先生和夫人久等了吧?"

刘妈哑然一笑说:"先生至今未娶,哪来的夫人。"

艾菁心存疑惑道:"先生年过四旬有余,为何没有妻室,莫非苛求完美,没有中意之人?"

刘妈摇头说:"先生乃当代的鸿儒,名震齐鲁,多少名门望族、大家闺秀找上门来,求婚谈嫁,先生一一婉言谢绝。"

艾菁:"先生为何要这样?"

刘妈:"先生说他在赵国故地,有一女子,令他心仪,不仅美貌善良,而且有救命之恩,他已与她结缘,终身生死相依。"

艾菁暗自点头,心头又升起一团疑云,喜去悲来,不由得问道:"那他为何不去迎娶于她,早结洞房花烛之喜?"

刘妈也叹息一声说:"我乃先生的师父虞卿家中的佣人。当年,虞卿和廉颇大将军,认定先生才学超凡,风华绝代,决意把他送到齐都稷下学宫,博采百家之长,谋求救世之道。先生那年仅15岁,虞卿夫妇安排我和丈夫刘洪,照料先生饮食起居。三十年过去了,我虽为佣人,先生却像母亲一样待我。先生未婚,让我牵挂心怀。我也曾多次催他迎娶那女子回来,先生似有难言之隐。但见他常常手中拿着一支银簪,暗自落泪,相思之苦,不为人知。"

艾菁一阵神情恍惚,自言自语,一遍又一遍重复道:"孙况、荀况,难言之隐……银簪……银簪……"

刘妈若有所思,自言自语道:"莫非先生与她……"

5.稷下荀府。

天色微明,荀府沉寂宁静。

一大早,艾菁心事重重,呆坐在床头。房外的脚步声虽然很

轻,却打断了艾菁如麻的思绪。她隔着门缝看到刘妈手捧一碗汤水,向荀况的房间走去。

艾菁看到刘妈进屋,脚步轻盈地走到荀况房间窗外。艾菁隔着虚掩的窗扇缝隙,向屋内窥望。但见刘妈小心地把汤碗放在桌上。

床上的荀况和衣而卧,手中的银簪紧贴嘴唇,两行泪水挂在腮旁。

刘妈叫着:"先生醒醒,先生醒醒。"

荀况沉睡中醒来坐起,他抹去脸上的泪水说:"刘妈,我昨晚醉酒,又给你添麻烦了。"

刘妈说:"这碗醒酒汤,你趁热喝下去,很快就会好的。"

刘妈嗔怪地说:"先生平时海量,昨晚为艾菁接风,没喝几盏,为何就酩酊大醉?"

荀况不由得泪如泉涌,哽咽说:"艾菁说奶奶死了,想想奶奶对我的恩德,不由我不悲伤。

刘妈:"人老了,谁都要走这条路。艾菁千里迢迢前来寻你,你应该高兴才是。"

荀况更加泣不成声地说:"我愧对艾菁,给她苦命的伤痛雪上加霜,孙况的名字害得她赵国、齐都苦苦找了我三十余年,我害了她如花似玉的青春年华,我害了她一辈子。"

刘妈听了荀况这番自罪自责,问道:"倘若我没说错,艾菁就是你苦苦相思了半辈子的女子吧?"

荀况点头。

刘妈:"如今她来了,就该天成地合,早结良缘。

荀况难过地摇头说:"不,不,我与艾菁只能做兄妹,不能做

夫妻——"

窗外的艾菁闻听此言,一阵眩晕,瘫软在窗下。

陷入眩晕中的艾菁,迷迷糊糊地听到刘妈一声高过一声地追问:"这是为什么?这究竟是为什么?"

房内传出荀况悲切的声音:"这是一个令人心碎的故事。"

刘妈:"你要把故事告诉艾菁。"

荀况颤声说:"艾菁太善良,我不忍心伤害她,她听了会疼断肝肠、痛不欲生的。"

刘妈:"艾菁知道你和她只能做兄妹,不能做夫妻,她会如同撕心裂肺、肝肠寸断的,她会离开你的。"

荀况如泣如诉地说:"不,刘妈,你要看好她,我那里也不让她去,我和她在这个世界上都没亲人了,我是她唯一的亲人,她也是我唯一的亲人。这里就是她的家,她就是我的生命。如果她真的要离我而去,我就一天也不在这个世上活着……"

门外窗下的艾菁再也压抑不住喷涌的情潮,她挣扎着站起,破门而入,扑向荀况的怀中说:"况哥,我不要你死,我全明白了,我愿守你一辈子,我就是你的亲妹妹——"

荀况也叫着"菁妹"二人相拥而泣。

6.穿插镜头。

花开花落,雁走雁归,四季变幻中,又是几年过去……

7.荀府门口。

字幕:公元前264年。

傍晚时分,雪飘飘洒洒,两个人正在徘徊……

十六七岁的韩非一脸忧色地望着身边年纪稍长的李斯:"李兄,你……你说的法子,能行么?"

李斯胸有成竹地道:"照我说的去做,应该不成问题。"

两人正说着,远处急匆匆地过来一个仆从打扮的青年,到了韩非面前深施一礼,道:"公子,先生来了。"韩非挥挥手,示意那人离去。

不久之后,一辆马车缓缓而来,李斯和韩非迎上前去,拦在车前,齐道:"请先生收下我们。"

车棚开处,已年近五旬的荀况走下车来,看看他们,道:"我已说过不收弟子,你们还是另投别人门下。"

李斯:"我们只想拜您为师!"

荀况不再理会他们,进了门内。李斯、韩非跟着进去,却被仆人挡在门外。

8.荀府客厅。

荀况正在家中用饭。

仆人来报:"老爷,刚才那俩人跪在门口,不肯离去。"

荀况:"别理他们。"

仆人:"是。"

仆人下去后,艾菁问:"怎么回事?"

荀况:"有二人非要拜我为师。"

艾菁:"你意下如何?"

荀况:"我已有陈嚣、浮丘伯、毛亨为弟子,不想再收了。"

艾菁微微一笑,道:"这有什么,孔圣人弟子三千,你再多收两个也不为过。"

荀况："我怎能与圣人相提并论？想我师父虞卿，虽是当世鸿儒，也不过收我一个弟子。"

艾菁见荀况这么说，也就不再言语。

9.荀府客厅。

饭后，艾菁与荀况闲谈……

艾菁："你既然不想再收弟子，就应该让他们离开才好。天这么冷，又下着雪，且不说冻伤他们，单让路人遇着也不好看。"

荀况："菁妹有所不知。这两人胸怀天下、洞察时局，非常人所能及。若有名师指点，端正行为，将来必能成就一番功业。"

艾菁不解道："他们既有如此天分，你怎不肯收为弟子。"

荀况："我的几个学生，陈嚣忠勇诚信，学问扎实，却拓展不足；浮丘伯、毛亨专于诗文，心无旁骛，日后或许会成为一代宗师。门外的两人，韩国贵公子韩非，锦衣玉食，不解民间疾苦，即便将来能为帝王谋划治国之策，也难能造福黎民苍生；上蔡小吏李斯，虽然出身贫寒，却志向高远，一朝得志必然翻云覆雨，颠倒乾坤。这样的弟子，不是给老师带来千秋荣耀，便是留下万代骂名，我正是为此犹豫。"

艾菁："像韩非这样的贵族公子，学宫里也有不少。李斯真如你所言，会不会有些危言耸听？"

荀况："非我姑妄言之。那李斯第一次听我讲学，就在墙角睡着了。此人并非狂妄，不过听非所学，置身世外罢了。看见他们，我就想起了接受我赠金的范雎，他那过于势利的'德必偿，怨必报'的处世之论，令人闻之动魄惊心！这二人从师受教，漠视修身，若也像范雎那样看重势利，苛报恩怨，教出这样的学生岂不事与愿违……"

下集

名師高徒

10. 荀府门口。

夜渐已深,雪仍在下,府内的灯陆续地灭了。李斯和韩非跪在门前,漫天的飞雪已将他们塑为雪人。

韩非:"李兄,看……看来荀……荀先生,真的不想收下我们。"

李斯:"难说。如果真的不收,早把我们撵到一边去了。这大概是在考验我们的诚心和耐力,兄弟再坚持一会。"

韩非:"放心,我……我没……没问题。现在整个身子都木了,也……也不觉得有多冷。"

李斯:"好吧。坚持!"

隔了一会,李斯道:"兄弟,怎么好像有股子炖肉的香气?"

韩非四处闻了闻,道:"没有啊,李兄大概是饿了。"

李斯:"也许是吧。"

韩非:"有……有点肉当然好,如……如果再有点酒,那……就更好了。"

李斯笑道:"好好去想,有盼头也能提精神。"

11. 稷下荀府。

深夜时分,荀府亮起了灯。隔了一会,仆人打开大门,看见李斯和韩非依旧静静地跪在那里,不知是冻僵了,还是累乏了。仆人折回院内,片刻之后,荀况与仆人一齐出来,把两人扶起,搀回了屋内……

12. 咸阳王宫。

卫兵林立,侍从们正在扫雪……

秦昭王正在翻看一卷简册,看到妙处,情不自禁地念出声来:"轻田野之税,平关市之征,省商贾之数,罕兴力役,无夺农时,如是则国富矣。夫是之谓以政裕民。"秦昭王念到这里,拍案叫绝,道:"以政裕民,果然见识非凡!"言罢,又接着往下看……

侍卫来报:"大王,相国殿外求见?"

秦昭王放下简册,整整衣冠,道:"宣。"

侍卫退出。范雎随后进殿,与秦昭王行礼过后。

秦昭王:"相国有何本奏?"

范雎:"大王,今年的饥荒非常严重,很多人冻饿而死。"

秦昭王:"寡人也没想到灾荒会有这么厉害!相国可有何良策?"

范雎:"当今之计,只有开仓放粮赈灾。"

秦昭王:"秦国实行民有功而受赏,有罪而受诛;如今虽然受了灾,随意放粮赈济,也就分不清谁有功、谁无功了;无功与有功同时受赏,这是乱国之道。"

范雎:"只不过是权宜之计,还可以借此赢得民心。"

秦昭王:"不可以。制度怎么可以随意更改?我们宁可想些别的办法。"

范雎一时无语。

秦昭王:"我刚看到稷下学宫荀况先生'节用裕民'和'上不爱民则兵弱'的高论,不如暂时减少宫廷和官府的用度,拿

节省下来的钱粮来接济百姓。"

范雎倍感惊讶问:"大王也读过荀况之学说政论?"

秦昭王:"寡人一向不尚儒术,是爱女颖宁不知从哪里得来荀况简牍,岂知读过之后,爱不释手。方知荀况并不像世人相传的儒家,他儒、法、道、名、阴阳、纵横,兼收并蓄、独步一家,治国之道,确令寡人耳目一新。"

范雎:"想不到大王能从荀况之学中,寻找出急国之难的大略。大王仁德。'节用裕民,则必有仁圣贤良之名',我再动员王公大臣捐些钱粮出来,估计可以让受灾百姓熬过今冬。"

秦昭王:"甚好!听相国话音,想必你也知道荀况的《富国》论?"

范雎:"荀况乃稷下学宫祭酒、学宫领袖,微臣当然知道他的文章。"

秦昭王:"寡人非常欣赏他的学识,打算私下邀他前来,向他当面请教治国安邦之策。"

范雎:"儒家向来以齐鲁为正统,视秦国为狄戎虎狼。自孔子以来,儒学大师从未涉足秦国,多是受此思想羁绊。加之,我国连年征讨各国,诸侯深受其扰。我国的'尚法崇武'与儒家的'以仁治国'背道而驰,荀况作为儒学领袖,自然不会前来事秦。"

秦昭王摇头道:"荀况之学自成一家,虽有儒家之道,但要把荀况认定为儒家学派寡人却不苟同。不过,荀况如对我秦国心存偏见,坚辞不来,这可如何是好?"

范雎:"想请荀况前来,却也并非难事。"

秦昭王："相国有何高见？"

范雎："微臣当年在山东时，与他相交甚厚，了解他的为人。大王只需派使臣去见齐王，就说秦国想效仿稷下建立学宫，请荀况前来指导。荀况主管稷下学宫，治学交流是职责所在。即便没有这些，只要我国态度强硬，齐国自然畏惧，荀况也会被迫而来。"

秦昭王笑道："既如此，爱卿着力去办。"

范雎："遵旨。"

13.穿插镜头。

荀况在学宫与诸位先生论道……

荀况在给弟子们讲学……

韩非将自己所写的简册拿给老师看，荀况面露赞许之色……

14.齐国王宫。

齐王建回到后宫，闷闷不乐。

齐太后见状，问道："大王，为何烦恼？"

齐王建："母后，秦王派遣使臣前来，请荀况去秦国讲学。"

齐太后不解道："为何？"

齐王建愤然道："原因为何，寡人也不得而知。荀况是我齐国学宫祭酒，秦国召见他就像传唤自家臣子一样，哪里还把寡人放在眼里？再者，荀况受先王器重，如果赴秦有个闪失，寡人颜面何存？不答应秦国，又怕它借机举兵犯境。"

齐太后:"秦国行事向来如此,骄横异常。此事,田单意下如何?"

齐王建:"相国说,荀况虽是上卿,但从不涉及军政大事。即便去秦,对我国也无大碍。"

齐太后:"若是这样,去也无妨。大王不必烦恼,此事哀家与他讲。"

15.稷下荀府。

荀况回到家里之后,心情十分抑郁。

艾菁:"太后召你进宫,所为何事?"

荀况:"派我出使秦国。"

艾菁听罢,大惊失色道:"这是为何,好端端的去秦国做什么?"

荀况:"秦国想要仿效稷下学宫,办学兴教,秦王请我前去筹划。"

艾菁:"世上哪有这个道理?他们想仿效可以派人来这里学习,怎能把学宫的人带去秦国?"

荀况:"太后说,秦国素来强横,不敢轻易得罪。如果我能前去,传播仁义之道,促进两国友好,也是利国利民。她让我顾全大局,尽快交接事务,跟随使臣启程。"

艾菁:"学宫事务交由谁管?"

荀况:"学宫事务暂由邹衍代理。"

艾菁冷笑道:"据说当年,五国之乱,邹衍非但不为齐国着想,反而投奔燕国。这样的人,品行实在令人置疑。"

荀况:"邹先生乃当今阴阳大师,星象八卦最会迎合人主的意愿,加之他把足国之道归结到仁义节俭,并希望在君臣上下和六亲之间推行的言论,也不乏真知灼见。所以从燕回来之后,很快就得到了大王的信任。"

艾菁:"既然如此,我收拾一下,随你一同前往。"

荀况叹了口气,道:"唉,这次赴秦,福祸难料,我不能让你以身犯险。再者,身负王命,如何能带家眷?"

艾菁听罢,黯然神伤……

16.稷下学宫。

荀况在学馆里与弟子们商议此事。

陈嚣:"老师,万万不可前去!此行定是凶多吉少。"

韩非:"不……不去如何,难……难道违抗王命不成?"

陈嚣:"如果能知秦国的用意,再做决定,那是最好不过。"

荀况见李斯若有所思,便问道:"李斯,你以为呢?"

李斯:"我想,但去无妨。"

几个同学看着李斯,有的不解,有的不满。

李斯:"秦国的法治向来严厉,依仗着法律制度的威严来要求和监督民众,民众感到疲惫了就会怨恨君主,要求实行仁义。老师作为儒学大师,素来以传播'仁义道德'为己任,秦国大概正是为了'礼法兼治',才请老师前去的。"

荀况:"先前我也心存疑虑,如今听你一说,算是明白了。如果是为了传经送道,我愿意前往秦国。"

韩非着急道:"弟子愿……愿……愿……随老师同去。"

李斯和其他人也争着要去。

荀况:"此行前途未卜,我决定只带陈嚣一人前往。你们都留在学宫,好生钻研学业,等我回来。"

陈嚣面露笑容,其他人多少有些不快……

17.黄河渡口。

陈嚣扮作车夫,驾着马车,随着秦国使臣同行。

这一日,走到黄河边上。荀况听得水声,掀开轿帘问:"陈嚣,可曾进入秦地?"

陈嚣:"我去问问。"

陈嚣下车,紧跑几步,追上前面秦国使臣的棚车。片刻之后,陈嚣回来,道:"师父,这里还是魏国边界,前面就是黄河。过了黄河,就进了秦国境内。"

荀况:"哦,前面就是黄河。"

荀况下了车来,眺望前方,只见黄河滔滔,波澜壮阔。远处孤帆远影,飞鸟戏水;近处芦苇摇曳,渔人垂钓。

荀况触景生情,叹道:"倘若黄河波澜不惊,人间罢战休兵,这世道就好了!"

陈嚣:"倘若真能如此,世间自会无限美好;不过这样一来,未免过于平静。"

荀况:"是的,万事不能两全。"

陈嚣:"师父,您打破了'儒家不入秦'的旧例,成为开天辟地第一人。学生有些不明白,同为天下诸侯,儒家为何如此厌恶秦国?"

荀况:"儒家之道'以仁治国',秦国'尚法崇武'。俗话说:

'道不同不相为谋',大概是基于这个原因。再者,秦国为了向外扩张,频繁侵扰诸侯,四处杀戮百姓,为各国所不容。"

陈嚣:"如此一来,师父会不会被后世儒生视为'离经叛道'之人?"

荀况:"为师没有想过这些。一来背负王命,不得已而为之;二来如果能够用礼义之道教化秦人,也不枉此次西行。"

陈嚣:"师父这次入秦,会不会广传'隆礼至法'之道?"

荀况:"当然。儒法两家,尺短寸长,各有千秋,本不是水火不容。崇德无法,怎能惩恶扬善,激浊扬清?尚法无德,重法无礼,以暴制暴,物极必反,政权也会得而复失,只有'法礼兼用',才是'本宁邦固'的万全之策。"

陈嚣:"师父说得是。"

18.秦国官道。

秦国使臣在前,荀况在后,各自飘扬着本国旗帜和使节的两辆马车行驶在官道之上,来往的车马、行人远远看见,纷纷避让……

19.秦国境内。

正值桃红柳绿,草长莺飞,春耕生产季节。农田里三人一群,五人一伙忙于耕种。不远处,一位老农扶犁,两个妇女弯腰弓背,吃力地拉犁耕地,汗水湿透了她们的衣衫。荀况吩咐陈嚣停车,上前问询。秦国使臣在前面看见,停下车马跟随而去。

荀况来到老农面前,拱手道:"老人家,我想问点事?"老农赶紧放下犁具,俯身还礼道:"不敢,不敢,官爷有事请讲。"两个妇女立起身来,退到一边擦汗歇息。

后圣荀子
HOU SHENG XUN ZI

荀况:"田间劳作这般辛苦,为何不用牛马拉犁?"

老农:"牛马虽好,我们穷得实在置办不起。好在庄稼人苦惯了,有的是力气。"

荀况:"即便如此,也该由青壮男子耕种,为何要用老人妇女?"

老农用异样的目光打量起荀况,道:"这位官爷,您是明知故问,还是确不知情?"

荀况:"我从齐国来,初到此地。"

老农感叹道:"唉,秦国的青壮男子,常年在外征战,不理田间农事。我的老伴早年下世,唯一的儿子前些年不幸阵亡。她们和我一样,都是缺少劳力之人。"

荀况:"你们不是一家人?"

老农:"不是,我们是三家人。(指着中年妇女)她的丈夫,死于攻楚之战;(指着年轻妇女)她的丈夫,还在军中服役。农田之事人少不好完成,我们只好互助耕种,以便大家都能有口饭吃。"

荀况:"敢问老人家,每年的赋税可重?"

老农:"赋税还说得过去,年景好时都能交得起。遇到灾年,官府也会酌情减免。"

荀况:"官府有无巧取豪夺、搜刮民财的现象?"

老农:"贪官污吏虽有,多少年也难得一见!"

跟上前来的秦国使臣道:"秦国治吏严格,对那些贪官污吏有罪必惩,罢官、劓刑、连坐、车裂……使得官员不敢有丝毫贪念。"

荀况点头称是……

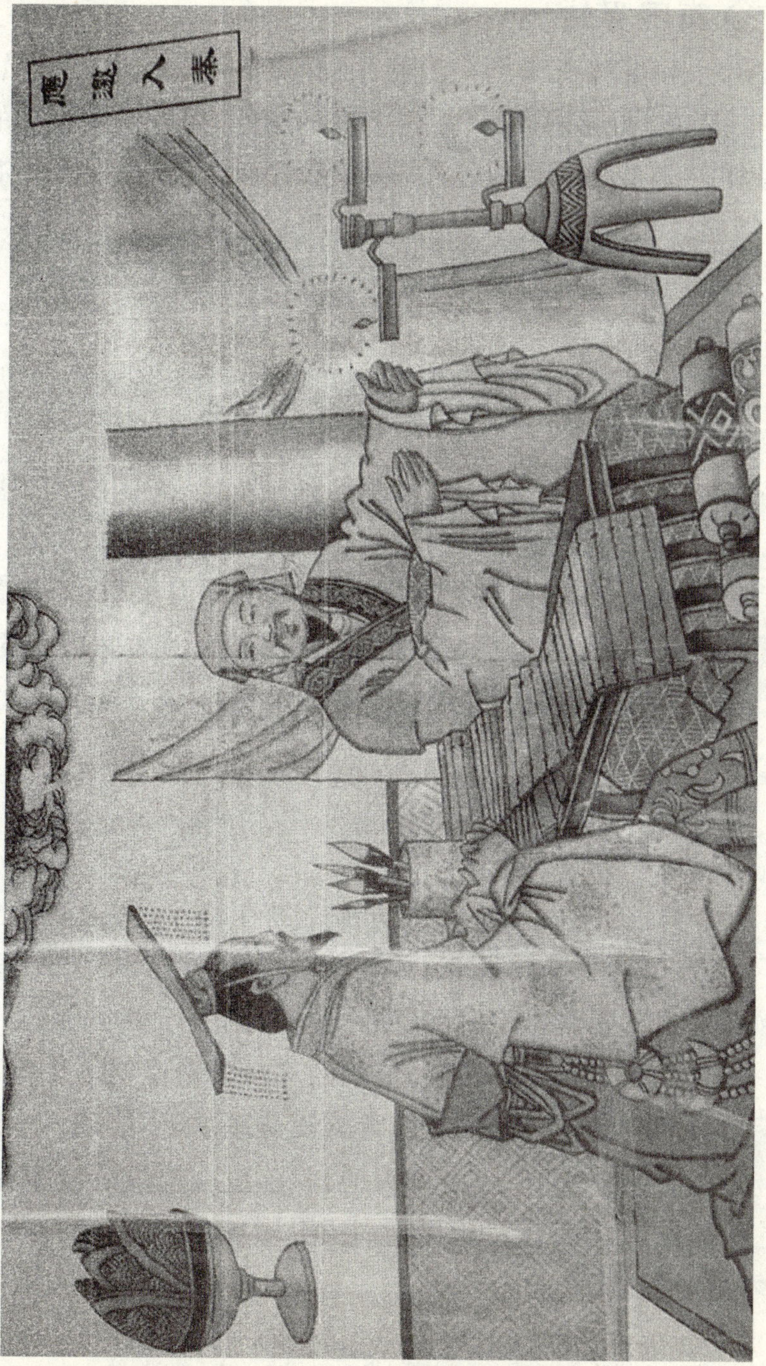

下集

127

20.秦国驿站。

傍晚,荀况等人来到一处驿站,驿吏秩序井然地把人员、车马做了安顿。荀况是贵宾,住在上好的房间;使臣住在中等的房间;使臣的随从、陈器,只能住在下等的房间。饮食、服侍均有差别。饭后,荀况出来散步,与使臣遇在一起。

使臣:"荀先生,对秦国的饮食可否习惯?"

荀况:"还行。"

使臣:"如有什么不适?只管提出,在下会与管事协商,尽量满足先生的要求。"

荀况:"已经很好了。与齐、楚的驿站相比,秦国的管理更加规范有序。"

使臣:"自商君(商鞅)变法以来,对内致力农耕,对外鼓励勇战,国力日见强盛。但等级制度非常明确,因为一切用度,皆取自国库,没有一个界定,很容易形成浪费。"

荀况:"这样才合乎法度。"

21.驿站附近。

两个男孩各执一根木棍,仿佛持剑在格斗,旁边有几个小孩子围观。

荀况:"这么小的孩子就爱打仗,长大了一定神勇!"

使臣:"秦国实行军功制,依杀敌多少升爵受赏。平民百姓有了军功,可以显赫荣耀;王公贵族没有军功,不能列入家族名册。男人从军打仗,才好出人头地,就连位高权重的白起将军,也是从最低级的武官开始做起,历经大小战役几十场,没有败绩,才被封为'武安君'。"

荀况:"话虽如此,但男人总不能都去打仗吧?"

使臣："当然。致力于农业生产,让粮食丰收、布帛增产的免除自身的劳役或赋税。从事工商业及懒惰而贫穷的,他们的妻子就会被收做官奴。"

荀况："虽说严酷少恩,但也不失为一种治国的策略。"

使臣："是的。开始有些不适应,久了自能体会到好处。"

22.咸阳城门。

一队车马在等候。使臣望见范雎的旗帜,下车跟荀况道:"荀先生,相国大人亲自前来迎接。"荀况闻言,赶忙整理衣冠,下车步行。范雎率领随从上前迎接。两人临近之后,荀况似是吃了一惊,放缓了脚步。

范雎紧走几步,拱手道:"兄弟,一向可好?"

荀况疑惑着还礼道:"范兄,你……怎么会成了秦国的丞相?"

范雎:"一言难尽,有时间再与兄弟细说。"

旁边一人闪身上前,问候荀况道:"荀先生,一向可好?"

荀况见是黄歇,同样吃惊,道:"左徒大人什么时候到的秦国?"

黄歇:"说来话长,我来秦国快十年了。"

范雎跟荀况道:"我来接你,左徒大人也要跟着,我原以为他是帮我撑个场面,想不到人家另有打算。"

黄歇闻言,哈哈大笑。范雎、荀况也随之笑了起来。

23.秦国王宫。

秦昭王听说荀况已到秦国,非常高兴。

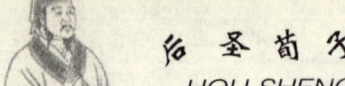

秦昭王："相国,寡人该用怎样的礼节接见他？"

范雎："荀况是个做学问的人,他最在意的莫过于人们如何欣赏和评价他的学说,这种欣赏和评价又必须是客观实在的。如果能营造出这样的和谐气氛,那是再好不过了,至于礼节的规格,倒在其次。"

秦昭王："相国所言极是！不知荀况对秦国的印象如何？"

范雎："微臣已经问过。他说：'入境,观其风俗,其百姓朴,其声乐不流污,其服不佻,甚畏有司而顺,古之民也。及都邑官府,其百吏肃然,莫不恭俭、敦敬、忠信而不楛,古之吏也。'"

秦昭王："荀况果是圣贤！一路行来,便有如此见地。寡人期盼速与这样的大师见面。"

范雎："依微臣之见,大王早见不如迟见。不如让荀况宽松几日,在秦地信马由缰随意看看,观我秦风,知我秦政,由表及里,方知深浅,到时再向他提问治国理政之策,勉为其难知其然,不知其所以然。"

秦昭王："相国虑事周到,所言极是。只是荀况远道而来,寡人接见来迟,难免怠慢之嫌。"

范雎："微臣定向先生面陈大王美意,荀况乃当代圣贤,定然不会误解大王一番爱心敬意的。"

秦昭王："如此甚好。相国传朕旨意,秦国之地,任荀况观察行走,不得怠慢！"

范雎："臣遵命。"

24.秦国领地。

阳春三月,柳绿桃红。荀况、陈嚚师徒二人策马奔驰在山

路、乡野,尽情游览山野风光。

荀况同陈嚣在一座山前翻身下马。荀况问陈嚣道:"你我师徒从咸阳出行数日,可知我们现在到了何地?此山又名何山?"

陈嚣:"此地乃汉中郡西方之地,此山为秦岭山脉午子山是也。"

荀况:"徒儿说的是。午子山森林茂密,你我不如就此山下歇马,攀山登岳,一观山林风物。"

陈嚣:"师父说的是。"

陈嚣就树拴好马匹,师徒登山。荀况说:"徒儿年轻腿快,不必搀扶于我,你先上得山去,先睹为快。"

陈嚣:"还是搀扶师父一同登山。"

荀况:"不必搀扶,为师腿脚尚好。正好信步走走。"

陈嚣:"如此,师父慢走。"

荀况、陈嚣边攀山边欣赏花草树木。半山之上的陈嚣突然发现草丛中蹦出一只肥硕的母兔,陈嚣藏在一棵树后,拉弓搭箭,母兔中箭而死。陈嚣兴奋不已地叫喊道:"师父,我射猎一只野兔。"

荀况闻声走来,掂量手中猎物面带不悦道:"陈嚣,你不该射杀这只母兔。"

陈嚣:"师父,不该射杀母兔,难道只有公兔才该杀?"

荀况:"阳春三月,正是母兔跑青,怀孕之时,你射杀的不是一只兔子,而是毁灭了几条兔命。世人若能知道植物正在发育的时候,不要进山砍林伐树。鱼鳖鳅鳣、各类动物繁殖的时期,不能捕捞,不能猎杀捕捉。一年四季应当根据季节、根据植物的生长规律播种庄稼,这样庄稼才会长得好,老百姓以后才有充

足的粮食。人类如果懂得保护动植物这些常理,不弱肉强食,竭泽而渔,何愁食而短缺,物不丰盈?"

陈嚣见师父为自己射猎母兔怏怏不快,忙认错说:"徒儿知错,不过世上像我这等懵懂之人,不知人与万物相辅相成、和谐共存的不在少数,师父教徒儿的这番道理箴言,真该写入简册,留传后世,教世人认知这个千古通理才好。"

荀况点头道:"徒儿之想,正是我意。"

25.豪宅客厅。

午子山下,一豪门华宅,气势不凡。客厅之内的坐椅上,端坐着一男一女六旬以上的老人。双目失明的女主人颤抖着站起身来,摸索着向厅堂一角摆放古筝的地方走去。

男主人见此情景,急忙搀扶妇人,安慰道:"又想咱那心肝女儿了不是?早知如此,当初就不该放女儿离开家门。"

老妇人抚摸着古筝,声泪俱下道:"女儿,娘的心肝宝贝,你让娘想得好苦啊……"

26.豪宅门外。

天空飘下蒙蒙细雨,荀况、陈嚣牵马来到门前避雨。

陈嚣:"这鬼天气,午时还晴朗朗的天,下午说下雨就下起雨了呢!"

荀况:"这雨下得好,此时正是农家耕种之时,春雨贵如油啊,好一场及时雨哟。"

陈嚣:"师父,这雨不知啥时能停?这样的山乡僻壤,却有这等府门豪宅,不免打扰主人一下,暂时借光歇脚避雨。"

荀况:"打扰主人、多有不便,不如就在府门屋檐之下暂避风雨,看看天气变化再说。"

陈嚣寻树桩拴马,荀况向府门口走来,举目抬头只见府门匾额之上写着"修德振兵"四个大字,不由得倒退两步,任风吹雨淋,端详良久。

陈嚣拴马回来看到了老师的痴呆模样,不由得脱口高声喊道:"师父,你让学生好生奇怪,你怎么了!"

荀况向陈嚣指了指府门额匾,情不自禁地说:"好一个'修德振兵',好一个神秘人家。"

此时府门打开,一仆人来到荀况、陈嚣面前说:"客官,我家主人闻听门外有人说话,有请客官府里避雨、饮茶。"

27.豪宅客厅。

花甲老人夫妇恭迎荀况、陈嚣,客套谦让之后,分宾主落座后,仆人敬上茶来。

男主人:"敢问贵客尊姓大名,从何而来?欲往何处?"

荀况:"老人家,免贵姓荀名况,应秦昭王之召,从齐国来秦游学。今日午子山观光,天降喜雨,有幸与老人家幸会。"

男主人:"你我虽不相识,贵客远方而来,又是受秦王之邀,必有重任在肩,相聚是缘,幸会,幸会。"

荀况:"请问老人家可有子女行孝膝下?"

男主人:"三个儿子已经血染沙场,唯有一女被秦王及王后垂爱,封为公主,久居王宫已多年。"

荀况:"女儿既贵为公主,二老就是皇亲,必然身贵荣显也。"

女主人闻听此言哀哀伤痛道:"我苦命的儿子、女儿……"

荀况:"在下失礼,不该失言多问,让老人家如此悲伤。"

男主人:"并非客官多问,自从三个儿子先后阵亡,妇人思儿想女心切,整日以泪洗面,双眼已经哭瞎。"

荀况:"儿子为国捐躯,就该让女儿留在身边,侍奉二老才是。"

男主人:"说来话长,我秦国崇武尚法,英雄男儿个个神勇,从军打仗,不惧生死。三个儿子相继从军,我家门第改换,由奴隶变为庶民,从庶民又升为仕家,成为这秦岭东部、西乡一带,最荣宗耀祖的一家。"

女主人:"三个儿子杀敌上百,不料几年前都在战争中阵亡,朝廷论功行赏,命地方官员建起豪宅大院,厚赠抚恤金银,以示嘉奖。"

男主人:"豪宅建成之日,秦昭王与王后念我三子皆死,一门忠烈,亲临府弟,御书'尚法崇武'门匾一块。正当我二老谢恩接匾之时,顿生变故,险送女儿一条鲜活生命……"

28.回忆镜头。

秦昭王、王后驾坐龙车凤辇,武士护驾,太监授匾,男女主人叩首谢恩,正待接匾。此时有一沉鱼落雁、闭月羞花的绝色美女匆匆走来,怒目圆睁,口中喊道:"爹爹、母亲,此匾乃勾魂夺命之匾,不要也罢!"

秦昭王闻言色变,大怒道:"何处妖女,竟敢在寡人驾前一派胡言!驾前武士,给我拿下,立毙杖下!"

几个武士上前将女子捆绑起来。

男女主人连连叩首磕头，哀求道："大王息怒，大王饶命——"

秦昭王："大胆妖女，你敢惊扰王驾，难道你不怕死？"

女子："为天下苍生安危，为唤醒你做一个仁德之君王，小女子死不足惜。"

秦昭王："此匾怎为勾魂夺命之牌，你却说个明白！"

女子毫无惧色道："大王可将此匾翻过，我可用笔写来。"

秦昭王："武士松绑，笔墨伺候，寡人倒要看看妖女写些什么。"

笔墨呈上，牌匾翻过，女子轻挽长袖，舒展玉腕，提笔落毫，行云流水，"修德振兵"四个篆字，入木三分，跃然匾上。秦昭王、王后、一班文武，观字皆惊。

秦昭王："妖女书法刚劲世所罕见，你却把'修德振兵'四字讲个所以，再死不迟！却问何言'修德'？"

女子："修德针对崇兵尚武而言。我的三个哥哥就是受崇兵尚武之惑，亡命他国的。我们父母徒有三个儿子，却也落得个断子绝户。三位哥哥在战场上杀人上百，虽换来大王这块金字招牌。然而，要知道三个哥哥杀死的上百人，又让多少父母丧子，儿女无父，妻子守寡，让天下多少母亲像我的母亲一样哭瞎双眼。小女子认为崇兵不如修德，以仁德感天下，让天下归心，众国来朝。"

秦昭王"既然'修德'可得天下，你为何写下'振兵'二字？"

女子："如今天下大乱，大国小国林立，各国国王扩张野心不死，战争不止，攻城略地，杀伤的哪个不是我炎黄儿女。振兵乃国家要有强将精兵、威武之师，但它不是去侵略他国的虎狼

之师,而是守卫国土,护卫家国安危。国家强盛,他国黎民必然羡慕,自愿归顺,不战而胜岂不更好。"

秦昭王:"任你伶牙俐齿,却也痴人说梦,本王只知用战争消灭战争,用武力才能天下一统!死到临头,念你三个兄长为国尽忠,满足你最后一个所求。你还有何话要说?"

女子:"常言道'有话送给知人,有饭送给饥人。'小女子已无话可讲,但愿一死。自三位兄长死后,父母过度悲伤,痛不欲生,几欲自杀寻死。为解二老撕心裂肺之苦,我作《世怨》长曲一首,每当二老听过这段琴音,父母的伤痛之情方可得到宽慰,方有活下去的信心。请大王、王后恩准,让小女死前弹奏这曲《世怨》,将这最后的声乐,留给我和天下所有因战争死去儿女的父母。"

秦昭王:"准你弹奏。"

29.回忆镜头。

古筝摆上,女子轻摆罗裙,飘然落座,玉手弄琴,俨然一尊美艳绝世的女神。

琴声起时,悠扬如珠落玉盘,泉水叮咚,幽谷空灵,只见玉指轻柔、舒卷收放、运思微妙、气息生动,如清风徐徐,绿林猗猗,鸾凤和鸣……

琴音中可见田野风光,孩子戏水、男耕女织、扶老携幼、乐享天伦之景。

琴声中曲,只闻声声急速、琴音猛起,哗然而变,如风雨忽生于指下,兵戈忽陈于弦中,顿觉肃杀之气袭来,似闻山崩地裂之声……

琴音中但见战火四燃、刀砍枪杀、将士阵亡、百姓陈尸、血流成河。

琴音尾声,只闻琴音时断时续、如泣如诉、鹤哀乌啼、松吟风悲、冷气沁骨、鬼神惊骇……

琴音中隐现孤儿寡母、孝服孤坟、枯树昏鸦、老夫老妻、弯腰驼背、望眼欲穿、呼儿唤女……

曲终时,只闻琴音恨意绵绵,只见玉指如电石火光,挑起七个音阶,七根琴弦被一一拉断。余音悲凉凄美、感天动地、气吞山河。

女子昏倒琴旁。

秦昭王痴呆一般,王后泪如雨下。

30. 豪宅客厅。

荀况急问:"二位老人家,令爱生死如何?"

女主人:"大王被女儿巾帼风范、超凡才华所折服,大动恻隐之心,赦免女儿不死。"

荀况:"令爱现在何处?"

女主人:"王后自那日亲见女儿书法题匾,赴死弄琴,怜才惜玉,慈爱大发,情肠大动,执意将女儿收为养女,赐名颖宁,贵封公主。"

荀况:"颖宁公主可愿舍下二老,去宫中安享荣华?"

男主人:"女儿贵为公主,并非自己心愿。怎奈王后格外爱怜,在我府中屈居三日,苦苦相求。女儿思前想后,决意牺牲自我,进宫只为了却一桩心愿,孝忠大王、王后,用亲情感化、说服'崇武尚法'的大王,也能仁政治国。女儿请旨定夺,若要进宫必

须答应将她书写的'修德振兵',悬挂府门,不然,宁愿一死,决不进宫。"

荀况:"如此奇女,绝世无双。秦昭王可否答应?"

男主人:"大王道,'修德振兵',未尝有错,圣恩浩荡,悬挂无妨。"

荀况:"如此看来,秦昭王确不愧为海纳百川,一代明君英王。然而,单凭颖宁公主'仁者爱人'思想要撼动秦昭王'崇兵尚武'之扩张野心,恐比登天还难,可惜秦王身边颖宁公主这样的人太少了。"

男主人:"女儿也早有所料,只是了却心愿而已。"

荀况:"颖宁公主在宫中可好?"

女主人:"大王、王后尽管亲生女儿不少,唯偏爱颖宁棋书琴画无所不能,才德超凡,知书达理,视同亲生,备受宠爱。"

荀况:"秦昭王堪称一代帝王之楷模。他从严治吏,以法治国,论功行赏,奖励耕战都是别国做不到的。若秦王后代能效法昭王之胸襟谋略'崇武尚法',不剑走偏锋,不走极端,隆礼至法、慈爱民生,大秦帝国雄霸天下定为期不远了。"

陈嚣这时插话道:"颖宁公主的'修德振兵'同师父的'义立而王,信立而霸,仁人之兵'如出一辙,不谋而合。天下竟有这等奇事。"

荀况:"府门奇匾已经让我震惊,没想到在异国他乡竟有这样的知音。不曾想竟然还是一位传奇女子,巾帼女英。可敬可佩,可敬可佩啊!"

男女主人同道:"客官抬爱了。"

下集

31.秦王别苑。

阳光明媚,和风温煦,一处水榭之上。

秦昭王看见范雎和一个气宇轩昂蓄着短须的中年人,在侍从的引导下向这边走来,起身相迎。走在后面的范雎,悄声提示荀况:"前面走来的穿便装之人,便是大王。"荀况上前,俯身跪拜,口称:"稷下学宫荀况,参见大王。"范雎随着荀况行礼。

秦昭王扶起荀况,道:"荀先生一路辛苦,免礼,免礼。"示意范雎起身后,秦昭王执着荀况的手朝水榭走去。进入水榭之后,分宾主落座。

秦昭王:"寡人久闻先生大名,原想是个须发皆白的老者,没想到竟然如此年轻!"

荀况:"已是知天命之年,哪里敢称年轻。"

秦昭王:"寡人年逾花甲,长你几岁……"

荀况打量眼前这个叱咤风云、令诸侯闻声色变之人,居然是如此随和可亲,刚才的紧张心情有所缓解。

侍女献上茶来,对荀况道:"先生,请用茶。"荀况点头致谢。

侍女把茶放在范雎面前,范雎拱身还礼。侍女献茶后,立于秦昭王身后。

秦昭王:"先生是当今儒学领袖,能够亲临秦国指导学问,真是秦之幸也!"

荀况:"大王过奖,在下不过一介儒生,与诸位圣贤相比,差之远矣。"

秦昭王:"寡人备得酒宴,与先生、相国小酌。"

秦昭王示意,侍从摆上食具、酒具,酒菜随之送上。

秦昭王举杯道:"秦地偏远,不比齐国繁华,有招待不周之处,还请先生海涵。"

荀况还礼道:"承蒙大王盛情款待,在下感激不尽!"

酒过三巡、菜过五味,秦昭王道:"有酒无乐,如何惬意?"

侍女闻言轻提罗裙,款款坐于置琴的木几之后,屏息凝神,玉指如葱,撩拨琴弦,弹奏一曲。

曲终,秦昭王道:"先生以为如何?"

荀况:"曲调弘阔,博大宽和,这是国家日益强大的象征;高亢激越,荡人心魄,这是征战不休的象征;宽宏坦荡、朴实平易,这是明主的象征。"

秦昭王:"此曲乃是《秦风》,先生莫非能从琴声中听出国运的盛衰?"

荀况:"音乐是与政治相通的。君、臣、民、事、物五者不乱,就不会有敝败不和的声音。所以世道太平时的音乐充满安适与欢乐,乱世时的音乐充满怨恨与愤怒。"

范雎:"荀先生不但见解高深,而且精通琴艺,今日可否为大王献上一曲?"

秦昭王似有所期。荀况犹豫片刻,道:"好吧。"

侍从将置琴的几案移在荀况面前。荀况欠身向秦昭王致礼,尔后坐定调弦合音,弹奏起来。只见曲调刚直有力却无桀骜不驯之意,旋律婉曲优美却无过分曲折之憾,变化丰富而不淫靡,回还反复而不令人厌倦……

秦昭王、范雎等人听得如醉如痴……

32.咸阳街道。

天色近晚,范雎与荀况离开行宫,车队在卫兵护送下,走在回宾馆的路上。

范雎:"今天跟着兄弟沾光,哥哥也受了一回礼遇。"

荀况:"此话怎讲?"

范雎:"大王不着朝服,在别苑见你,是把你当作朋友相待。这且不说,你可注意到席间那个弹琴的女子?"

荀况不解道:"怎么了?"

范雎:"兄弟有所不知,席间献茶弹琴之人,乃是当今大王最钟爱的女儿——颖宁公主。能够受此礼遇的臣子,除兄弟之外,再无别人。"

荀况惊愕不已道:"难怪此曲如此动人心弦……"

33.秦国相府。

范雎大摆宴席,为荀况接风。

宴席将开之际,范雎拉着荀况与宾客介绍道:"这位就是齐国上卿、学宫祭酒、当今儒学领袖,荀况荀先生。"荀况环顾左右行礼,众宾客纷纷还礼,"幸会"、"久仰"之声不断……

范雎又道:"三十年前,我与荀先生同在稷下学宫求学问道……"正在这时,门外侍从高喊:"大将军到……"范雎闻声,离席前去迎接。

门外阔步走来一身戎装的白起,席上宾客纷纷起身拱手相迎。白起见了范雎,抱拳行礼道:"相国,末将军务繁忙,来迟一步。"

范雎:"不迟,不迟,请上座。"

范雎引着白起来到首席,指着荀况介绍道:"武安君,这位是名扬天下的稷下学宫荀况先生。"又跟荀况介绍道:"这位是秦国的'常胜将军'、号称'战神'的大良造、武安君白起大将军。"荀况起身,拱手示意。白起还礼。尔后各自落座。

开席之后,侍从奉酒送菜,往来不息。席间,范雎、黄歇及众

宾客极尽讨好之力奉承白起,白起显露出得意之色。

白起自得地对荀况道:"久仰先生盛名,得知先生一生主张'天下一统',据我所知若要一统天下,非武力所不能。今日斗胆班门弄斧,先生可想听听末将对'武'字的理解?"

荀况:"愿闻其详。"

白起:"'武'字一边是'止',一边是'戈',合起来是才是一个"武"字。这清清楚楚告知世人只有用武,方可止戈,也就是唯有武力才能平息战争,安定天下。"

荀况:"将军所言差矣!'止戈为武'出自《左传·宣公十二年》,意为平息战乱,停止使用武器,才是真正的武功。仁义之师,才是王者之师。"

白起不以为然,道:"秦人勇于公战、怯于私斗。打起仗来,以一当十,所向披靡,跟任何'仁义之师'作战,都不会处于下风。"

荀况:"我来咸阳的路上,看到秦国七八岁的小孩子都在舞刀弄枪,希望早日上战场;国内民众求取利禄的办法,除了作战没有别的途径,这才是'勇于公战'的原因。"

白起:"先生谈论用兵,把'仁义'放在首位。既然这样,为什么要用兵呢?但凡用兵的目的,无非为了争夺。"

荀况:"仁者爱人。正因为爱人,所以憎恶别人危害他们;仁者用兵,是为了禁止横暴、消除危害,并不是为了争夺。"

白起:"诸侯割据,相互攻伐,强者称雄,哪有什么正义可言?正是为了兼并别国,才用战争消灭战争!"

荀况:"兼并别国无非有三种方法:依靠德行,依靠强力,依靠财富;依靠德行兼并别国的称王,依靠强力兼并别国的衰弱,依靠财富兼并别国的贫穷。能兼并别国的土地而不能凝聚民

心,一定会得而复失。"

白起思虑片刻,道:"敢问荀先生,齐国的郡县之间经常发生战争么?"

荀况:"不曾听说。"

白起:"这就是了,秦国要做的,就是把各国兼并,使他们成为秦国的郡县。这样一来,九州之内就不会再有战争了。"

荀况一时无语。白起越发得意起来,捋着胡须道:"老夫一生纵横疆场、久经战事,杀敌无数。正是因此,秦国才能免受诸侯凌辱,立于强国之首。"

荀况眼前浮现出白起攻城略地,杀人如麻的场景,没好气地道:"普天下的人都知道武安君杀人屠城的武功,诸侯臣民尸横遍野、血流成河都是拜将军所赐。"

荀况此言一出,举座皆惊,范雎、黄歇更是面面相觑。白起勃然变色,恼羞成怒,手中的青铜酒杯被他捏得顿时变形,拍案而起,道:"食君之禄,忠君之事,文臣出谋划策,武将拼死流血。战场上不是你死就是我亡,不是杀人便是被杀,身为统帅,能够取得战争的胜利才是根本,杀人屠城也是迫不得已的事情。"

荀况毫不示弱,道:"屠杀手无寸铁的妇女、少不更事的孩童,难道也是迫不得已?"

白起一时语塞。范雎见状,忙起身打圆场道:"儒家、兵家看战争,立场不同,见解各异,武安君切莫……"

荀况义正词严地说:"'止'与'戈'合二为一才是一个'武'字。在明君良将眼里,'武'字不是杀人的言词,'武'字恰是一个不要战争,防御战争,止戈为武的组合而成。"

白起一脸不屑道:"不用战争去一统天下,无疑是痴人说梦!"

荀况侃侃而谈:"与其以武力挑起战争,倒不如兴威武之师,举仁义之兵,让军队守卫好本国国土,不受他国侵犯;帝王良臣不穷兵黩武而隆礼至法;黎民百姓不受战争之害,而安居乐业。让秦国帝国成为齐、楚、韩、赵、燕、魏人人向往的王道乐土,秦王成为四海来朝的有道国君,那时何愁天下不能一统,人心不能思归呢?"

白起虽余怒未消,却不能不佩服地说:"先生的威武之师,仁人之兵,兵不血刃,四海归心固然高见,然,这要等到驴年马月、何年何代?白起还是不能苟同!不敢恭维!"

荀况自信地道:"只要静兵息民,慈爱百姓,近者亲其善,远方慕其义,自然水到渠成,瓜熟蒂落,不战而胜!战争只能给黎民带来苦难、仇恨,却不能征服民心!用武力抢夺的天下,必然短命,难保得而复失!"

此时,门外进来几个内侍,立在堂前高声宣道:"大王有令!荀况接旨。"堂上众臣慌忙随着荀况跪拜接旨。一个内侍手捧简令,朗声念道:"大王有令,传荀况即刻进宫。钦此。"

34.秦国王宫。

荀况进宫,行礼之后,秦昭王请荀况坐在距自己不远的几案边。荀况谢恩坐定之后。

秦昭王:"寡人不知今日相国宴请先生,仓促间把你请来,还望见谅。"

荀况:"大王太过客气。不知大王传唤在下,所为何事?"

秦昭王:"请先生进宫,一来想向先生请教治国方略,二来还有一点私事烦劳。"秦昭王见荀况有点疑惑,接着道:"上次在别苑,听闻先生弹奏一曲,琴声悠扬,柔和有度,不知当时所弹

何曲？"

荀况："是首古曲，名《颂》。"

秦昭王试探着道："寡人似乎听出一种道德的力量？"

荀况："德是端正了的人性，乐是道德发于外产生的光华，情致深远而又文明，气势充盛而能神通。"

秦昭王："先生所言极是！小女颖宁听罢此曲，一直念念不忘，很想学习琴曲。改日先生得闲，还请赏光指教？"

荀况："颖宁公主高看了，恐我雕虫小技，难登大雅之堂。"

秦昭王："先生莫要推辞，此事就这么定下。先生来秦国已经有段时间，不知对官员和朝廷有什么看法？"

荀况："秦国的士大夫没有私下的事务，卓然超群，廉洁奉公，真像是古代圣王统治下的士大夫；秦国的朝廷，处理决定各种政事从无遗留，安闲得好像没有什么需要治理似的，真像是古代圣王治理的朝廷！秦国四代都有胜利的战果，并不是因为侥幸，而是有其必然性的。"

秦昭王听着顺耳，面露微笑，道："先生一贯昌举一天下，请问天下一统，可有妙策？"

荀况："尧以仁德治天下，不动干戈，三苗来服；汤王、文王，百里封地，四海来朝。圣王所以得天下，靠的不是武力，而是义立而王，信立而霸，兵不血刃，不战而胜。"

秦昭王："先生灼见，不无道理。得了天下，如何治理这个国家？政要何为？"

荀况："当今时代，诸侯异政，百家异说。我却以为，国家若要长治久安，第一要务当是隆礼至法，以政裕民，兼利天下，长养人民。"

秦昭王对荀况的回答连声称"善"，接着问道：帝王主宰国

家命运,当一个好帝王可有标准?"

荀况:"大王问得好。侬我之见,好的帝王应该是先为人师,后为人君。帝王的德行情操为人师表,官吏百姓岂有不臣服之理!若把君王比作源头,官吏与黎民比作流水,这就是源清则流清,源浊者流浊。"

秦昭王对荀况的精辟论断不由得肃然起敬,他朝荀况拱了拱手,道:"君王治理国家,关键在于用人,请教先生用人之道?"

荀况:"大王过歉。承蒙抬爱,荀况以为君王用人,应是无德不贵,无能不官,无功不赏,无罪不罚。"

秦昭王再次跷起拇指赞曰:"先生不愧最为老师之称。怪不得小女颖宁读你的简册,手不释卷。不过,我尚有一前瞻后顾之事,愿听先生高见,秦国若有一统天下之时,何以巩固铁打江山,确保江山社稷千秋万代?"

荀况早有成竹在胸,不假思索道:"大王果然胸怀天下,气吞山河!要问这江山怎样巩固,怎样自保么?要我说那就是'民心'二字,得民心者得天下,民心安者天下安!道存者国存,道亡者国亡!伤民甚者,聚敛者亡!"

秦昭王听得入了神……

35.秦国王宫。

百官早朝之后,各归本府。

范雎遇到白起,见他郁郁不乐,道:"大将军,还在为昨日之事生气?"

白起愤然道:"那荀况着实可恶!怎么可以当众羞辱老夫?昨日不是相国劝阻,老夫定要与他好看……"

范雎劝道:"荀况深得大王喜爱,前天别苑接见,昨晚宫中

设宴,今天朝堂之上更是赞不绝口。若把这样的人得罪了,哪里会有好处?将军能有今日成就,不知费了多少辛苦,请不要把这点小事放在心上。"

白起:"相国多虑,老夫不过心中郁闷罢了!想我每次出征,都是奉了大王之命。他对大王没有成见,对我却是耿耿于怀。"

范雎:"这正是君主与臣子的差别啊!就像赴宴一样,饭菜美味可口,人们就会感谢主人的盛情;饭菜不合口味,大家只会埋怨厨师的手艺。"

白起话题一转,道:"凭借出众的才华,加上大王的赏识,荀况日后势必位列公卿,我私下里很为相国担忧。"

范雎心中一怔,强笑道:"将军说的哪里话?相国之位,素来贤德之士居之,在下才疏学浅,早就盼着'退位让贤'。"

白起瞧瞧范雎,实难从他脸上判断出言语的真假。

36.穿插镜头。

颖宁公主跟荀况学习琴曲,荀况讲解指点,公主若有所思……

秦昭王与荀况在王宫畅谈……

相府后堂,范雎烦躁地走来走去……

37.秦国相府。

黄歇带着厚重的礼物前来拜见范雎。两人坐定之后。

范雎:"左徒大人,送这些东西做什么?"

黄歇:"我们太子想和相国更加亲近。"

范雎笑道:"一定还有别的事情吧?"

黄歇一脸庄重,道:"前日使臣来报,说楚王病得很厉害。"

范雎："有多严重？"

黄歇："非常严重！楚王怕是一病不起了,秦国不如让太子回国。把太子留在咸阳,他充其量不过是个普通百姓;如果太子能够继承王位,他一定会恭敬地侍奉秦国,对相国的恩德也会感激不尽。"

范雎："这事我做不了主,要向大王请示。"

38.秦国王宫。

范雎把楚王病重的消息报告了秦昭王。

秦昭王："让黄歇先回国探询一下楚王的病情,回来再作计议。"

范雎："为何不让太子一同回去？"

秦昭王："楚王当年曾在咸阳做人质,后来偷着跑回了楚国,继承王位之后,就背弃了秦国。'有其父必有其子',他的儿子恐怕也靠不住。"

范雎："如果楚王病故,楚国说不定会新立太子。这样一来,对秦国也没有什么好处。"

秦昭王："真要那样,寡人就可以'迎奉太子即位'的名义,发兵讨伐楚国。"

范雎心中一寒,道："大王英明。"

秦昭王："相国,你要派人严密监视楚太子,千万不能让他逃回楚国。"

范雎："是。"

秦昭王："昨日武安君上书,对荀况的才能推崇备至！建议寡人把他留在秦国,委以重任。寡人正想就此事与相国商议。"

范雎："大王打算如何安置荀况？"

秦昭王:"寡人准备封他为上卿,让他与相国一同辅政,不知相国意下如何?"

范雎心中一沉,道:"微臣以为,此举不妥?"

秦昭王不解,道:"为何?"

范雎:"荀况乃当今大儒,素以仁义为先,向来注重名声,多半不会舍齐就秦。大王要想留下荀况,一定要另想办法。"

秦昭王一时犯难,停了片刻,道:"依相国之见,此事应当如何?"

范雎看看左右,秦昭王示意殿内侍从退出。

秦昭王:"此间再无别人,相国有话请讲?"

范雎悄声跟秦昭王说着什么,秦昭王开始有些诧异。范雎一番解释之后,秦昭王方才点头称是……

39.渭河之上。

一叶扁舟,随波荡漾,荀况与黄歇怡然垂钓。

荀况感慨道:"时光荏苒,楚国一别十余年,难得还能于左徒一起悬竿问鱼。"

黄歇感叹道:"荀先生忙于著书立说,自然少有空闲。我随太子来到秦国,转眼已近十年,整日里无所事事,虚度光阴。"

荀况:"左徒切莫烦恼,他日回到楚国,定能有所作为。"

黄歇:"谈何容易。今天约先生前来,实有要事相商。"

荀况:"左徒请讲。"

黄歇:"我奉应侯之命,特来与你做媒。"

荀况初是一怔,继而笑道:"左徒,你可真会开玩笑?"

黄歇正色道:"相国大人请我做媒,替颖宁公主向先生求婚。"

荀况吃惊道："不能吧!?"

黄歇："千真万确!你未婚,她待嫁,谈婚论嫁有何不可?只是关乎公主名节,不能为外人所知,所以才请先生出来密谈。"

荀况将信将疑,道："立人之本,礼义为先,如果连这点基本也做不到,我岂不枉为人师?"

黄歇："此事,我也感到意外。你与公主经常会面,她对你是否有这方面的意思?你应该比我清楚。"

荀况："我与公主只是谈论辞赋音律。"

黄歇："公主时常与先生会面,真的只是为了学习辞赋音律?诚然如此,咸阳城中这类人才比比皆是,怎会单请先生一人?"

荀况一时无语,他实在难以揣度公主对自己是否还有别的意思。

片刻之后,黄歇问："先生是否觉得此事有点古怪?"

荀况："还请左徒明示?"

黄歇："且不说公主对你有无爱恋之意,单说提亲一事就透着蹊跷。我虽是太子之师,实际是个人质。范雎与你相识多年,凭地位、论交情,提亲之事由他出面最为合适!这么重要的事情,怎么也不会落在我的身上。"

荀况静静地听着。黄歇又道："公主何等尊贵,如被拒婚,秦王自会迁怒。先生处境尴尬。依我之见,定是先生的才学得到了秦王赏识,危及范雎的地位,他才设计害你。"

荀况："我与范雎朋友多年,他应该不会害我?"

黄歇："没有利害关系,当然是朋友。有了利害关系,就不会分亲疏远近。"

荀况听到这里,恍然大悟,叹道："唉,范雎此举真是狠毒!

我若答应,必将陷于不义;若不答应,又将致于不利。我有事不说,恐怕也要牵累左徒大人。"

黄歇:"你总算明白过来。"

黄歇见荀况神情抑郁,道:"先生以为,公主品性如何?"

荀况:"天生丽质,博学多才,世间少有的奇女子。"

黄歇:"先生有所不知,这位颖宁公主虽非亲生,所受宠爱,王宫之内无人可及。夫婿也是千挑万选,怎奈公主皆言,道不同怎相为婚,无一中意之人,独居至今,能与公主婚配之人,可谓非贤即圣。"

荀况道:"公主身世,荀况比你知之更深。一个半老头子同这样让人敬仰的公主谈婚论嫁,深有亵渎负罪之感,非不愿也,实不可也。然而,如不答应这门婚事,形同得罪秦国,此事如何是好?"

黄歇笑道:"先生何须忧虑?实在不成,应允公主就是。"

荀况摇头叹息……

40.渭水河畔。

荀况、颖宁坐于凉棚之下,悠然垂钓……有鱼咬钩,颖宁公主甩起渔竿,一条金鲤跃出水面。荀况帮她把鱼摘下,放进木桶之中,颖宁公主笑靥如花……

41.岸边酒馆。

黄歇、陈嚣立在门前。公主侍从环在四周守卫。楼上,两几对陈,荀况与颖宁公主正在品尝刚才钓来之鱼,谈笑风生……

42.渭水河畔。

荀况陪着颖宁公主散步,清风徐来,绿柳摇曳……

颖宁："今天承蒙先生盛情款待,改天我来做东。"

荀况："公主客气。"

颖宁话锋一转,道："先生请我前来,所为何事？"

荀况搪塞道："只是邀公主前来游玩。"

颖宁："昨晚母后已向我提起婚姻之事,我正想问你如何打算？"

颖宁一语中的,荀况顿时窘迫。

颖宁："先生嫌我长得丑？"

荀况："公主国色天香,倾国倾城。"

颖宁："先生嫌我没有才学？"

荀况："公主博学多才,世间少有。"

颖宁："先生知道我为何倾心于你吗？"

荀况："实言禀告公主,我已在午子山下、西乡之域,拜见过你的父母,知你是一位心忧天下、忧国忧民、卓识罕见的巾帼奇女,你是我罕有的知音,相见恨晚。"

颖宁："不知先生已见我父母,先生既然知我志向爱意,何不你我两全。"

荀况："荀况乃赵人,齐鲁沃育成就于我,故秦国非我落地生根之地。"

颖宁："先生可曾看透日后哪国可得天下？"

荀况："如没看错,非秦莫属也。"

颖宁："何以见得？"

荀况："一个国家以崇兵扩疆为荣,臣民却为邀功请赏、心甘情愿地为此流血卖命,得天下尽在意料之中。"

颖宁："如秦国得了天下,又该怎样治理天下？"

荀况："必将待师法然后正,得礼义然后治。"

颖宁:"秦国立国之策可有偏差?"

荀况:"秦国严刑峻法,礼义缺失。"

颖宁:"国家可能长治久安?"

荀况:"孕育着希望,潜伏着危机。"

颖宁:"先生'切中命脉'、深知'病根',这等高才,为何不能留在秦国,辅佐明君,寓善天下呢?"

荀况:"我无意出将入相,只想效仿圣贤,劝学正道,传业四方。"

颖宁低语道:"如若先生不弃,何不答应颖宁在你身边添茶抚琴,常伴左右。"

荀况犹豫片刻,道:"公主垂爱,在下受宠若惊!怎奈故园已有倾慕之人,如影随形,生死相伴,只能辜负公主美意。"

颖宁含情脉脉道:"我情愿做妾,妻妾相敬,共事先生。"

荀况诚言说:"公主金身玉体,屈身下嫁,在下愧不敢当。"

颖宁公主听罢,面露愠色道:"荀况,我恨你!"言罢,拂袖而去。侍卫紧随公主离去……

43.渭水河畔。

黄歇见公主离去,回到荀况身边。

他见荀况神色不好,小心问道:"不欢而散?"

荀况没有作答,只是一声叹息。

黄歇:"既然范雎对你已有成见,如今又拒婚于公主,人常言'非爱即恨',得罪了公主,秦国再也不可久留,还是及早离开为好。"

荀况:"是的,我也这般想。"

黄歇:"你向大王辞行,一定要言语恳切,把思乡之情流露

出来。大王倘若许以高官厚禄,万万不可接受。"

44.秦国王宫。

秦昭王召见范雎。

秦昭王:"相国,公主婚事,荀况意下如何?"

范雎:"尚无音讯。"

秦昭王:"此事到此为止。寡人已让王后问过颖宁,她说虽然仰慕荀况才学,但年龄相差悬殊……"

范雎:"只是这样一来,荀况势必会离秦而去。都是微臣愚笨,弄巧成拙,辜负了大王美意。"

秦昭王:"相国不必自责。"

45.秦国宾馆。

黄歇来访,荀况出门迎接。两人来到客厅,黄歇示意屏退左右,荀况吩咐侍者退下。

黄歇:"荀先生,辞行之事进展如何?"

荀况:"已得大王恩准。"

黄歇:"通牒可曾拿到?"

荀况:"明日相国派人送来"。

黄歇长舒一口气,道:"如此甚好!"

黄歇向荀况深施一礼,道:"先生,在下有一事想请您帮忙?"

荀况赶忙还礼,道:"左徒有事请讲?"

黄歇:"我在秦国有个至友,相处十分友好。他为了躲避兵役,几日前逃到我那里。先生临行之前,请帮我把他带出秦国。"

荀况犹豫道:"这个,恐怕不好办吧。通牒上只有两人。"

黄歇:"先生放心,出了咸阳之后,你把陈嚣留在秦国,我会设法送他出去。"

荀况:"既然是左徒至交,又是厌战之人,我当鼎力相助。"

黄歇:"多谢先生帮忙!"

荀况:"不必客气。"

黄歇:"先生计划什么时间回国?"

荀况:"就在这几日之间。"

黄歇:"请先生听我一言。范雎计谋深重,迟者恐生变故。一旦踏上归途,务必加快行程。我的朋友会为你驾车,你任他安排就是。"

荀况:"就依大人之言。"

46.秦国相府。

范雎正在问询监视太子馆的随从。

范雎:"楚太子有什么动静?"

随从:"回大人,前段时间太子生病,黄歇四处求医问药,后来便闭门谢客。"

范雎:"可有人员外出?"

随从:"没有。仆人出去买米买菜,也是有去有回,没有发现异常。"

范雎听罢,心下稍安,示意随从退下。过了一阵,忽然觉出一些不对,心说:黄歇这人,平日里隔三岔五常在相府转悠;荀况一走,他也不见了踪影。范雎思来想去,总觉得哪里有些问题,猛然间灵光一闪,范雎暗道一声:"不好,金蝉脱壳,我怎没有到?"

47.楚太子馆。

范雎带领侍卫,气势汹汹地闯了进去。黄歇出来迎接,一看阵势,心里就明白了八九分。

黄歇:"相国大驾光临,太子馆真是蓬荜生辉。"

范雎:"少说废话,太子何在?"

黄歇:"不巧得很,太子病了。"

范雎冷笑道:"我正是前来探望病情。"

黄歇:"请大人稍等。你(黄歇指着身边的侍从)去帮太子收拾一下,请他出来见相国。"

侍从应声而去。范雎见黄歇神色从容,心里也拿捏不准楚太子到底在与不在。

黄歇:"太子正在静养,受不得惊吓,还请侍卫留步,相国大人随我进去喝茶。"

范雎对众侍卫道:"尔等外面等候。"

48.楚太子馆。

范雎与黄歇闲聊。

范雎见楚太子迟迟没有出来,焦急地问:"太子怎还不来?"

黄歇屈指一算,道:"走了十几天,也该回去了。"

范雎:"回哪里?"

黄歇:"实不相瞒,太子已随本国使臣一道回国了。"

范雎听罢勃然大怒,喝道:"大胆黄歇,竟敢欺瞒本相!"

黄歇:"事出无奈,道理也与相国讲过;可是大王不放太子回国,我也只好出此下策。"

范雎冲门外喊道:"来人!"侍卫们蜂拥而入……

49.秦国王宫。

秦昭王正与白起商议军政,范雎求见。

秦昭王见范雎神色匆匆,道:"相国,有何急事?"

范雎:"微臣有罪,楚太子已经逃往楚国。"

秦昭王听罢,脸色一沉,道:"寡人令你严密监视,为何还会出此变故?"

范雎:"臣已派人严加看守,只是黄歇诡计多端,防不胜防。前段时间,黄歇谎称太子生病,闭门谢客。臣想他一定利用荀况回国之际,悄悄将楚太子带出秦国。"

秦昭王:"可有真凭实据?"

范雎:"目前只是猜测。如今,臣已将黄歇拿下,听候大王定夺?"

秦昭王权衡利弊,犹豫不决。

白起拱手道:"大王,末将请求带兵追击,将荀况及楚太子捉拿归案。"

秦昭王思虑片刻,道:"太子如果真的已回楚国?再做什么都于事无补。"

范雎:"大王,此事须得秘密行事,以免落人话柄。臣已传令沿途关卡驿站,遇着荀况一行,务必设法将其留下,听候查验。"

秦昭王:"此事交由相国去办,尽力追回楚太子。荀况即便参与此事,也是被黄歇蒙蔽,不要为难他,让他平安离境就是。"

范雎:"是。"

50.秦王寝宫。

几个侍女正在给秦昭王按摩。

内侍禀报:"大王,颖宁公主求见。"

秦昭王看看天色,道:"宣。"

颖宁公主进殿,施礼参拜。

秦昭王:"这么晚了,来找父王何事?"

颖宁:"请父王屏退左右。"

秦昭王挥手示意,殿内宫人尽数退出。

秦昭王:"我儿,为了何事,竟然如此小心?"

颖宁"扑通"一声,跪在秦昭王面前,垂泪道:"父王,求您救荀况一命。"

秦昭王心下一惊,道:"好端端的,怎么如此说话?"

颖宁:"孩儿刚才无意间听到相国和武安君商议,要在荀况出境后将他杀掉!"

秦昭王似信非信道:"此话从何说起?他二人与那荀况何仇何恨?朕知你深爱荀况,荀况拒婚于我的爱女,让本王与女儿颜面无光,你却善编谎言搪塞你母后和我,别人求情倒也罢了,女儿却是何苦来着?"

颖宁含泪说:"父王神目如电,无事能瞒得了你。荀况虽拒婚于我,更见其用情专一,品行高尚,人中楷模。女儿与他恨之深深,爱更切切,同这等世间罕有之人有缘相识,此生足矣!这样的圣贤一旦亡命于秦,定会为天下人所不齿,于秦国四海一统大业必有害无益!"

秦昭王轻捋美髯,一声赞叹道:"人说将军额头跑战马,宰相肚里能行船,岂知这一将一相,竟然没我这爱女的胸怀宽广。朕的颖宁,你是上苍赐予本王苦命的娇女……"

颖宁急切地说:"父王疼爱女儿,就一定要救荀况!"

秦昭王起身,怜爱地扶着颖宁坐在自己身边,道:"不急,不急,慢慢说来。"

51.回忆镜头。

颖宁自离荀况而去,怏怏不快,惆怅不已。天近傍晚,她也不带随从,信步在宫内走动。行至一处墙角时,听到另一边有人低语。

白起:"相国刚才怎不帮我说话?荀况当众羞辱老夫,如今又帮楚太子回国。要是落在我的手里(白起将右拳攥紧,狠狠道),定要让他好看!"

范雎:"我能怎样?荀况名扬天下,又是我多年的朋友。况且,大王也有交代,要让他平安离境。"

白起叹道:"如此说来,只能由他去了。"

范雎:"是啊。不这样,还能如何?"

白起:"让他这般离去,老夫实不甘心!"

范雎:"此事就此作罢,将军不要再提。边境时有匪患扰我民众,我想请将军拨些人马,协助地方官员剿匪。"

白起:"这点小事,随后再……"白起忽然听出弦外之音,向范雎拱手道:"末将军务繁忙,先行告辞!"

52.秦王寝宫。

颖宁一番讲述之后。

秦昭王听罢,道:"单凭这个,也无法确定。"

颖宁:"依女儿直觉,这样的事白起一定做得出来。父王,荀况奉齐王之命出使秦国,若是有个三长两短,秦国怎能脱得了干系?"

秦昭王若有所思。

颖宁:"焚琴煮鹤,大煞风景;杀圣屠贤,人神共愤!孔子当年入楚,陈蔡两国派人把他围困野外,险些将他饿死。纵然如

此,还是放他而去。荀况是继孔孟之后的圣贤,父王不得不防患于万一!"

秦昭王:"我儿提醒得是,为免铸成大错!父王立即派一百骑兵,沿途护送。"

颖宁:"军队多是白起旧部,若是走漏消息,反会促其提前动手。"

秦昭王:"这可如何是好?"

颖宁:"请父王拨我一队护卫,只说随我外出狩猎。孩儿沿途跟随荀况,见机行事。"

秦昭王:"也好。"

53.函谷关外。

一处岔道,陈嚣与几人在路边等候。

荀况的车子过来之后,车夫下车,冲荀况深施一礼,道:"多谢先生仗义相助!日后若有机会,在下定会报答!"

荀况还礼道:"壮士不必客气。"

车夫拱手道:"后会有期。"

荀况:"后会有期。"

车夫说完,与陪同之人匆匆离去,消失在山间小道……

陈嚣上到车夫位置,坐到荀况身边,亲切地叫道:"老师。"

荀况慈爱地看看他,道:"你明明留在咸阳,如何后发先至?"

陈嚣:"弟子一路星夜兼程,已在这里等您两天了。"

荀况:"怪不得。"

陈嚣:"这个车夫是谁?像是有些身份,与我同行的几人都暗藏兵器。"

荀况:"我也不知。黄歇说是他的至友,为了逃避兵役。"

陈嚣:"黄大人吩咐,出了函谷关,务必加快行程。"

说着,陈嚣挥鞭驱马,马车飞奔而去……

54.秦国关卡。

黄河岸边,卫兵查验通牒之后,对荀况道:"荀先生,你不能出关。"

荀况未及答话,陈嚣道:"你们想干什么?"

卫兵:"得罪二位。上峰有令,请荀先生暂到馆驿歇息。"言罢,不由分说,率领一队卫兵将荀况带离边境……

55.边境驿站。

荀况和陈嚣在馆舍里喝茶……

隔壁房间,一个文官小声对正在偷看的两人道:"你们一定要看仔细了。"

使臣:"绝无问题!臣从齐国接来的正是他们二人。"

一个侍者模样的人道:"我侍奉他们几个月了,一看便知真假。"

文官:"你们确认无疑?"

使臣、侍者郑重地点了点头。

文官如释重负,对身边的人道:"留他们吃过饭,就放他们出关。我要赶回咸阳,跟相国大人汇报。"

56.魏国边境。

荀况的马车在路上行驶,前面山道窜出一伙山贼,举刀挥枪,拦住马车。陈嚣、荀况拔出佩剑,准备应战。山贼们涌过来,

将两人围在中间。

陈嚣怒道："什么人！想做什么？"

贼首："这年头兵荒马乱，民不聊生。我们迫于无奈，混口饭吃。"

陈嚣："我们是齐国使臣，你们想挑起两国争端不成？"

贼首一挥手，山贼挥刀而上。陈嚣、荀况与他们战在一起……

危急关头，一队骑兵飞驰而来，冲散人群，将荀况护在中间。

颖宁道："先生受惊了！"荀况看着英姿飒爽、风尘仆仆的颖宁，眼眶湿润。颖宁见荀况无事，转问山贼："哪路人马，从实招来？"山贼们面面相觑，默不作声。

颖宁又问："你们是秦人，还是魏人？"

贼首赶紧道："我们都是魏人。"

颖宁拔出佩剑，命令属下："统统杀掉！"

卫队士兵驱马举刀持戟而上，众山贼纷纷扔下兵器，跪地求饶，道："我们是秦人，我们是秦人……"

57.魏国边境。

尘土飞扬，后面开来大队人马，为首高悬"白"字战旗。白起乘着战车近前，驭手勒马停车。

白起向颖宁拱手道："参见公主。甲胄在身，请恕末将不能全礼。"颖宁点头致意。白起对跪在地上的山贼喝道："还不快滚！"山贼们拾起刀枪，仓皇而去。

白起冲荀况抱拳道："荀先生，别怪老夫无情！你当众羞辱于我，不过小事一桩。像你这等雄才，如为别国所用，必是秦之

大患。今天对不住了,老夫要取你性命!"

荀况:"我岂是贪生怕死之人。"

颖宁:"本公主在此,休得放肆!"

白起非常傲慢,道:"'将在外,君命有所不受',你不过是个公主。老夫今天即便杀了荀况,你又能奈我何?"

颖宁气得脸色煞白,怒道:"白起老儿,你想造反不成!?"

白起:"不敢。等末将杀了荀况,再随公主回去向大王请罪。"

颖宁一声冷笑,道:"既然如此,休怪我不客气!"

颖宁公主还剑入鞘,伸手从背上拔出一柄长剑,只见寒光森森,令人胆战。卫队长高喊:"大王佩剑在此!不得无礼!"白起认得是秦昭王佩剑,慌忙下车跪拜。手下见统帅如此,也跟着跪倒在地。

颖宁策马来到白起面前,问道:"此剑可杀得了你?"

白起:"自然杀得。末将为国尽忠,死而无憾!"

旁边几位将军都替白起求情,皆道:"公主手下留情……"

荀况上前,劝道:"公主不可鲁莽!"

颖宁公主叹了口气,道:"白起,你位高权重,战功显赫。念你有功于秦,姑且饶你不死。"

白起再拜,道:"多谢公主不杀之恩!"言罢,起身上车,带领人马悻悻离去。

58.魏国边境。

白起走后,颖宁与荀况离开卫队,在一旁说话。

颖宁:"先生,由此前去,不远便是魏国关卡,我也只能送到这里。"

荀况谢道:"今日若是没有公主,吾命休矣!"

颖宁叹道:"莫提这些。先生一去,知音难求,今后生有何趣?"

荀况安慰道:"公主尊贵无比!自然不乏仰慕之人。"

颖宁从怀中取出一个绢包,双手呈与荀况,伤怀道:"父母恩德,辛苦将养,先生如若不弃,请好生留存,也不枉相识一场……"言罢,颖宁强忍辛酸,翻身上马,带领卫队绝尘而去……

颖宁远去之后,荀况打开绢包,里面是一缕青丝。荀况仰天长叹,泪流满面自责道:"荀况啊荀况,罪过啊罪过,又一女人被你害苦一辈子……"

59.齐国相府。

字幕:公元前258年。

田单设宴,荀况带着李斯前往。宴席之间,田单安排一队乐师在旁边奏乐。

一曲终了,田单道:"荀卿,这段乐曲如何?"

荀况:"曲调宏大深远,有大国之风,只是过于安逸。"

田单:"什么曲调才算完美呢?"

荀况:"当然是圣王治下的曲调。"

田单:"愿闻其详?"

荀况:"舜帝在位,天下太平,诸侯相互礼让,百官忠诚和谐。夔谱《箫韶》,奏乐之时,百鸟在宫殿上空飞翔,凤凰也被召来了。"

田单不以为然,对身边的侍女耳语几句,侍女离去后,片刻功夫,一位妙龄女子随着侍女款款前来。田单介绍道:"这是小女田婉,素喜音乐,还请荀卿多多指点。"

田婉上前参拜荀况,道:"见过荀先生。"

荀况:"免礼。"

田婉起身,站到田单身后。候着侍女摆好琴案。田单看看女儿,田婉起身上前,飘然而坐,轻抚纤指,弹奏一曲。

曲毕,田单问荀况:"荀卿以为如何?"

荀况笑而不答,回身对李斯道:"你与她合奏一曲。"

李斯欠身道:"老师,箫未带来。"

田单吩咐侍从去乐师那里取来箫。李斯接过,试吹几声,示意田婉起调。田婉琴声再起,李斯箫音随上,一曲高山流水,堂上众人无不为之倾倒。曲起,田单已明荀况之意;曲终,田单示意田婉退下。

田单赞道:"果然是名师高徒!不同凡响。"

荀况不想再与田单论乐,岔开话题道:"相国客气。我这弟子写得一手好字,世间少有。"

田单:"如此说来,本相倒要见识一下。"

田单吩咐侍从准备笔墨竹板,请李斯献技。李斯毫不客气,走上前去,凝神屏气,笔走龙蛇,四个大字应势而出——中流砥柱。字俊意美,田单叹为观止!

60.稷下客馆。

李斯、韩非在客馆里温习功课。

门外有个侍从进来,道:"请问,这里谁是李斯?"

李斯迎上前道:"我是。怎么了?"

侍从:"在下奉相国之命,有事要问公子?"

李斯:"何事?"

侍从:"相国让小的来问公子年龄几何?可曾婚配?"

李斯初是一愣,马上反应过来,道:"学生今年二十有二,尚未婚配。"

正在写简的韩非,望望李斯,欲言又止……

下集

61. 齐国王宫。

朝会之后,田单有意跟荀况走在一起。

田单:"荀卿,我有事请你帮忙?"

荀况:"相国,请讲。"

田单:"那日荀卿前来赴宴,小女对令徒李斯颇有好感。李斯才华出众,仪表不凡,而且尚未婚配。我有心招他为婿,还请先生多多帮忙。"

荀况心中一惊,很快回过神来,道:"相国,李斯父母远在楚国上蔡,这事需要征得他们同意才是。"

田单笑道:"'一日为师,终身为父',荀卿是他老师,这点事情还是可以做主的。"

荀况:"话虽如此,但这毕竟关乎终身大事,微臣也不好擅自决定。待微臣回去征询他的意见,回来再与相国禀报,如何?"

田单:"好吧。"

62. 稷下荀府。

荀况回到家里,气愤难耐,差人把李斯叫来。

李斯进来之后,荀况屏退仆人,冲他喝道:"跪下!"

李斯不知何故,赶紧跪倒。

荀况:"李斯,你本有妻儿,为何要说自己尚未婚配?"

李斯诡辩道:"没有的事。"

荀况:"事到如今,还敢狡辩?相国今天与我商议,有心招你为婿。"

李斯:"弟子知错。"

荀况:"你趋炎附势,不讲人格,不计后果。你若与田单之女成婚,自然可以飞黄腾达;且不说你对不对起家中的妻子,田单权倾朝野,若是知道你原有妻室,这般戏弄他的女儿,岂能饶你!届时你该如何收场?"

李斯这才意识到事态的严重性,磕头道:"师父救我。"

荀况:"我如何救你?你赶紧收拾行李离开齐国。田单当政期间,不要再回来。"荀况从几案下拿出一袋钱,扔给李斯,道:"李斯,为师早已听过你'人生如鼠,活在民间就得在茅房吃屎,还要担惊受怕;混进官仓,活得逍遥而且吃的是皇粮。同样是鼠,活在民间和混进官仓大不一样'的官仓之鼠与茅厕之鼠的感悟之论,为师只想你说说而已,未料你竟以身相试,田女之事就是警示,真为你今后担心、忧心!为人为官切不可贪欲太重,'物禁太盛',是为师对你的忠告!拿上这点钱,逃生去吧。"

李斯噙着泪水,拾起钱袋,道:"徒儿知错,多谢师父!"跪拜荀况之后,匆匆离去……

63.齐国相府。

数日后,田单召见荀况。

田单:"荀卿,那件事情进展如何?为何迟迟没有音讯?"

荀况:"相国,那日微臣回去之后,就与李斯说起这事。李斯不敢做主,已经返回楚国与父母商议,时至今日仍旧没有回来。"

田单:"我想他是不会回来了?"

荀况故作不解,道:"相国,何出此言?"

田单:"据我所知,李斯已经离开齐国多日,而且他在楚国原有妻室。荀卿是他的老师,对此不会一无所知。当日,你为何不与本相明言?"

荀况坦然道:"当时微臣怕相国生气,所以没有明言。"

田单:"你分明是有意拖延,让他有机会逃走。"

荀况:"李斯虽然有意高攀,但也只是一时贪念。微臣让他离开,对他、对相国都有好处。"

田单:"对本相有何好处?"

荀况:"相国之女尊贵无比!岂是李斯这等俗人可以攀附?"

田单冷笑道:"荀卿不愧是圣贤,事事都有道理。"

荀况欲言又止……

64.齐国王宫。

齐王建去后宫找太后诉苦。

齐王建:"田单这厮着实可恶!早朝时,他奏本说有人检举荀况主持学宫事务期间,侵吞公款,中饱私囊。寡人不想驳他情面,恩准他暗去中查。"

齐太后不解道:"荀况从秦国回来,将秦王所赠价值连城的珍宝悉数交于国库,又怎会贪图蝇头小利?前段时间,田单打算招荀况的一个弟子为婿,想请哀家为他们主婚;如今未隔几天,便说荀况侵吞公款,想来婚事没有如愿,才设计陷害?"

齐王建:"现今已然不好收场,他已派兵搜查了荀况的学馆及府第。"

齐太后:"查出什么没有?"

齐王建:"刚才田单来报,说是一无所获,准备严惩诬告之人。"

齐太后:"这个田单,飞扬跋扈,越来越不像话!你这孩子,当初就不该准许,如今搞得荀况颜面何存?"

齐王建:"田单咄咄逼人,孩儿惹不起他。"

齐太后看着齐王建,摇头叹息……

65.稷下学宫。

一年一度的论道大会照例举行。邹衍一番弘篇大论之后,先生、学者早已哈欠不止。荀况上前,侃侃而谈……

荀况:"如今这个时代,以粉饰邪恶的说法、美化奸诈的言论来搞乱天下,用那些诡诈、夸大、怪异、委琐的言论,使天下人混混沌沌的不知道是非标准、治乱原因的,已有这样的人了。"

荀况此言一出,众人为之一振。

荀况:"纵情任性,习惯于恣肆放荡,行为像禽兽一样,谈不上和礼义合拍、和正确的政治原则相贯通;但是他们立论时却有根有据,他们解说论点时又有条有理,足以欺骗蒙蔽愚昧的民众。它嚣、魏牟就是这种人。"

学者们凝神屏气,认真倾听……

荀况:"抑制本性人情,偏离大道,离世独行,不循礼法,以与众不同为高尚,不能和广大民众打成一片,不能彰明忠孝的大义;但是他们立论时却有根有据,他们解说论点时又有条有理,足以欺骗蒙蔽愚昧的民众。陈仲、史鲥就是这种人。"

坐在几案后面的先生们感到了惶惑不安,生怕荀况提到自

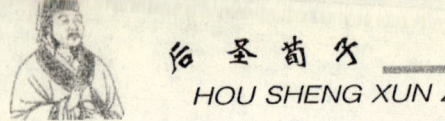

己……

荀况:"不懂得统一天下、建立国家的法度,崇尚功利实用,重视节俭而轻慢等级差别,甚至不容许人与人之间有分别和差异的存在,也不让君臣间有上下的悬殊;但是他们立论时却有根有据,他们解说论点时又有条有理,足够用来欺骗蒙蔽愚昧的民众。墨翟、宋钘就是这种人。"

邹衍的额头上渗出了细汗……

荀况讲完,拱手致意,离开了学宫大殿。

学者们议论纷纷,褒贬不一……

邹衍起身,举手示意,殿内渐渐归于平静。

邹衍:"这才是真正的老师啊!我今后再也不敢谈论学问了。"

66. 稷下荀府。

陈嚣、韩非等人帮着师父收拾行李,把一些重要的简册装箱捆好。艾菁给仆人们发放银两,他们依依不舍,掩袖而泣……

陈嚣埋怨道:"都是李斯害了师父。"

荀况:"不要这么说。学生是没有过错的,是老师没有教好。"

浮丘伯:"老师,您打算去哪儿?"

荀况:"赵国乃我根祖之地,回国效力应是臣民本分,我已归心似箭。"

陈嚣不以为然说:"恩师难道忘记你从秦归来后,针对秦相范雎远交近攻之策,你带我和李斯师兄回国救难,同临武君议

兵于赵孝成王前,那赵王虽对你兴仁人之兵,举仁义之师,富国强兵大计国策连连称善,但穷兵黩武的本性难改,成为秦国的首攻战敌,长平大战,致使四十万赵军尽被坑杀,噩耗传来,老师大病一场,几乎丧命。如此伤痛之地,恩师暂且不回也罢!"

荀况:"儿不嫌母丑。制造长平千古血案者,是那杀人魔王白起老儿!"

浮丘伯摇头说:"国无明君,决策失误,与其说血债血还者是白起,不如说血案奇冤制造者正是那赵孝成王!"

毛亨:"长平罪责在谁?老师比我等谁都清楚。那赵孝成王刚愎自用,当代名相蔺相如冒死相谏不可阵前换将,赵王偏秋风过耳,误中范雎反间之计,启用纸上谈兵的赵括取代一代良将廉颇,四十万赵军将士尸骨未冷,名相良将前车之鉴,可见赵孝成王不是一统天下神器之主。依学生愚见,赵国实非老师龙行风雨,虎啸山林,匡扶天下英主之地!"

任凭学生七嘴八舌,荀况不予理会,沉思良久道:"我已决意回赵。养育我成人的伊氏故地,令我牵魂绕梦;蔺相如是我伊氏同乡前辈,廉颇老伯对我恩同父母,还有我的恩师虞卿,他们都已风烛残年,真的好想他们,恨不能马上见到他们,倾诉别离相忆之苦……"

韩非:"老……老师一走,我……我也只好回……回韩国去。韩王也……也需重整朝纲。国无法……法纪,法……法无定律,国乱人……人心散,弱……弱国被人欺,我……我也忧心韩……韩国,成……成为秦国口……口中羔羊……"

浮丘伯:"我也不在这儿了。"

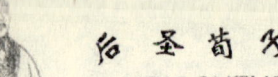

毛亨:"师父到哪儿,我就到哪儿。"

荀况:"你们不要这样,这不是我的初衷。我老了,你们都还年轻,应该好好修行,钻研学问才是。"

弟子们沉默不语。

67.稷下街道。

荀况一行的车队走到街上时,稷下百姓夹道相送,邹衍带领学者们前来送行。

邹衍:"荀先生一去,稷下学宫势必江河日下。"

荀况:"邹先生言重了,一切都还仰仗先生与诸位。"

邹衍:"我不日也将告老还乡。"

荀况:"您这是为何?"

邹衍:"一言难尽。"

邹衍让侍者呈上酒来,递于荀况……

荀况与众人洒泪而别……

68、齐国相府。

近臣向田单禀报:"大人,荀况走时大箱小箱装了五六马车,臣怀疑里面有珠宝或者通敌的罪证?"

田单:"怎么可能?你们已经搜查过了,一无所获。像荀况这样视书如命的人,自然不舍得把简册丢下,一定都是这些东西。"

近臣:"要不要派人检查一下?"

田单:"不可造次!大王已经下令,对来学宫的天下名士,要效法先祖宣王立下的'来者不拒,走者不追'的规矩。何况是荀

况这样三为祭酒、最为老师的儒学领袖,沿途关卡一律不得查验荀况行李,违者立斩!"

近臣吓了一跳,为自己没有贸然行动而暗自庆幸。

田单:"我以一己之私,使得荀况离开了齐国。从此之后,荀况再也不是齐国的骄傲,稷下学宫也会日见冷清。"

近臣:"有这么严重么?"

田单叹道:"'千羊之皮,不如一狐之腋',荀况是自孔孟以来的儒学大师,几十年来无人可以企及。学宫里没有这样的顶尖人物支撑,难以兴盛长远。物讳伤其类,邹衍也递来辞呈,如今怕是连他也留不住了……"

近臣似懂非懂……

69.曲阜城外。

黄歇带领一队人马在路边等候。

随行大臣没话找话,道:"相国,您怎能断定荀况回赵必经此处?按理说,走聊城更近一些?"

黄歇:"儒家倡导尊师重教,荀况如今受谗回国,已无归齐之意,绕道曲阜祭拜孔子实在意料之中。"

不大会儿工夫,荀况的车队出现。黄歇示意,随行人员立即抖擞精神,列队恭候。荀况见是黄歇,赶紧下车来迎。

荀况:"左徒何以至此?"

黄歇:"特来迎接荀先生。"

荀况以为黄歇在说笑,道:"能与左徒在此巧遇,真是令人高兴!"

随行大臣讨好地插话道:"荀先生,黄大人现在已是相国,

封号'春申君'。"

黄歇瞪了随行大臣一眼,似是嫌他多事,又隐现几分得意,接着荀况的话道:"不是巧遇,我专程从都城前来,就是为了接先生到楚国讲学。"

荀况:"承蒙相国大人厚爱。在下回国心切,请大人海涵、见谅。"

黄歇:"先生以天下归心,四海一统为己任,心中岂可只知有赵,不视有楚。先生莫非嫌我大楚水浅庙小,慢待先生或对圣贤不恭?"

荀况:"在下本是落魄之人,相国不辞辛苦,远道而来,令我诚惶诚恐!"

黄歇:"先生不要客气,随我一同上车。"

黄歇不由分说,拉着荀况上了自己华丽的大车……

70.行程之中。

黄歇的车队离开曲阜,前往楚国都城。

黄歇:"我得到先生回国的消息,赶紧报告大王。大王一边派人在都城为先生准备学馆,一边派我前来迎接。"见荀况一脸茫然,黄歇又道:"其实先生与大王也是故人,你还记得当初离秦之时的那位车夫么?"

荀况将信将疑道:"莫非,他就是楚太子,现在的考烈王。"

黄歇:"正是。大王领教过先生的才学,又念念不忘搭救之恩,这才派我来请先生。"

荀况:"在下何德何能,敢蒙大王与相国如此厚爱,着实承受不起。"

黄歇笑道:"承受得起,承受得起……"

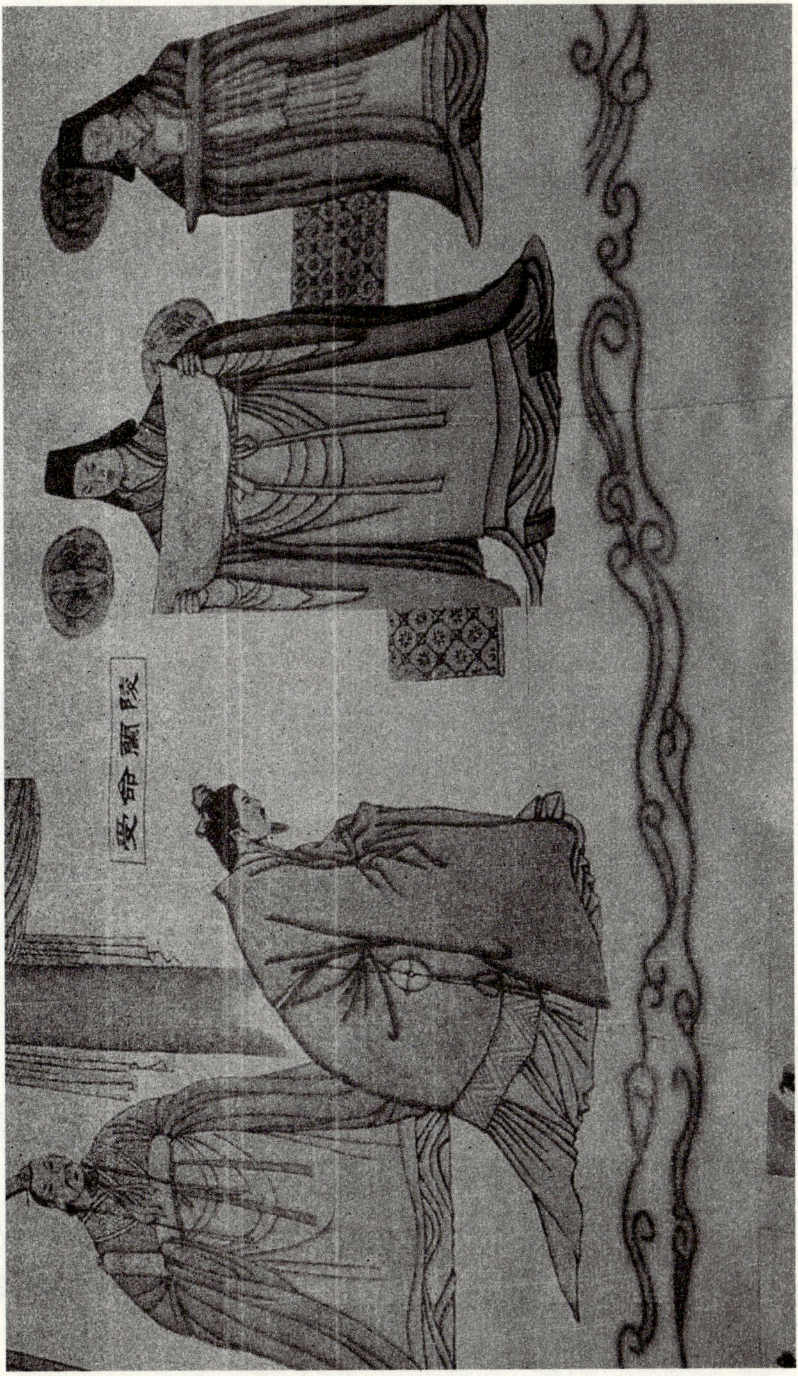

下集

71. 穿插镜头。

楚考烈王举行盛大的宴会欢迎荀况……

荀况在学馆里讲学……

李斯听说荀况来到楚国,又来跟随老师学习……

72. 楚国相府。

字幕:公元前255年。

荀况去拜访黄歇,寒暄过后。

黄歇揶揄道:"荀先生,我平定鲁国之后,迟迟不见你来道贺?"

荀况:"自周公至顷公,鲁国历经三十四代。相国挥师北上,将其收为属地。我身为儒家弟子,有何颜面前来道贺?"

黄歇:"我听说:'苍天赐予的好处不接受,反而会受到惩罚',楚国如果不接收鲁国,就可能落入秦国手中。与其那样,还不如让鲁国归附。"

荀况心想事已至此,多言无用,道:"大人,我只希望能够善待亡国的君主,抚恤受难的民众,让天下人都赞扬您的仁义。"

黄歇:"先生所言甚是!只是高深的道理对于民众而言,没有什么用场;仁义对于治国来说,只是辅助罢了。"

荀况:"不是这么回事。子产便是仁义治国的典范!他去世时,郑国的青壮年痛哭失声,老人像孩童一样哭泣,都觉得没了依靠!"

黄歇:"儒家注重说教。如果育人的话,非常有用!如果治国,怕是不能达到子产那样的境界。"

荀况："造父,是天下善于驾驭车马的人,但没有车马就没法表现他的才能;后羿,是天下善于射箭的人,但没有弓箭就没法表现他的技巧;伟大的儒者,是善于整治统一天下的人,但没有百里见方的国土就没法表现他的才能。"

黄歇闻言笑了。

荀况："大人,您笑什么?"

黄歇："眼下正有一块百里见方的国土,等待您这位伟大的儒者去治理?"

荀况："相国取笑在下?"

黄歇："不是。现在楚国要在鲁地设立兰陵县,先生如果愿意,不妨去实践一下自己的理论?"见荀况若有所思,黄歇道:"当然,官位是小了些,先生或许看不上。"

荀况："践行平生所学,造福一方百姓。我甘愿去做兰陵县令。"

黄歇："当真?"

荀况："当真!"

73.兰陵县衙。

荀况与陈嚣、李斯等人来到之后,见桌椅狼藉,门窗毁损……

李斯："怎么会如此破败?"

陈嚣："刚刚经历战乱,难免这样。"

荀况："大家开始收拾吧。"

荀况与弟子、衙役一起收拾、整理、打扫……

74. 兰陵县衙。

陈嚣带领衙役抓回几个偷东西的贼人。

一番审讯过后,荀况问李斯道:"这有首恶一人,胁从、初犯各二人,依你看来,应该如何处置?"

李斯:"依照楚国律法:犯有盗窃罪的,主犯磔手,胁从收监,初犯劳役。"

荀况微微点头,转问韩非道:"你以为如何?"

韩非:"不妥。我……记得老师说过'元恶不待教而诛',应……应当把主犯杀头,胁从、首犯磔手。"

荀况:"为何如此?这样不合律法。"

韩非:"咎由自取,与人何干?对犯法的人严惩不赦,就没有人敢触犯法令!"

荀况:"杀人者死,伤人者刑,是百王之所同也。刑称罪,则治;不称罪,则乱。"

李斯:"依师父之见,应该如何判决?"

荀况:"首恶缓施磔手之刑,服役三年;刑满若再犯罪,斩立决。胁从暂不收监,修渠筑坝一年;刑满若再犯罪,磔其手。初犯之人,记录在案,释放回乡,以观后效。"

几名罪犯初听李斯之言,神情漠然;又听韩非之言,吓得瑟瑟发抖;再听荀况之言,感激涕零,伏地磕头不止……

韩非对荀况的判决不太满意,暗自思忖……

75. 兰陵郊外。

骄阳似火,赤地千里,路边是干裂的田地,晒蔫了的庄稼……荀况带领陈嚣和衙役视察灾情……

76. 兰陵郊外。

一行人来到某个村子,场院的空地上很多人头戴柳条帽,一脸虔诚地跪在地上。人群前方搭着一个木棚,里面放着一尊木刻的龙王神像。棚子前面有张木几,上面摆着香烛供品……

荀况吩咐身边的衙役道:"去,把那个神像搬出来!"

衙役不解道:"大人,为何要把神像搬出来?"

荀况:"晒晒它,让它也知道天干地旱的滋味。"

衙役闻言色变,"扑通"一声跪在地上,道:"大人,小的不敢!小的家里上有老、下有小,不敢做这忤逆之事,怕遭老天报应。"

陈嚣瞪了衙役一眼,大步上前,把神像搬到空地上。荀况面露欣慰之色,吩咐他把供品撤下,陈嚣照办。众人见陈嚣这般举动,一片哗然!有的气愤不已、有的摇头叹息、有的伏地磕头、有的窃窃私语……只是见陈嚣等人官差模样,不敢发作。

一个老者壮着胆子上前,跟荀况施礼道:"大人,得罪了龙王爷?老天更不会下雨了……"

荀况:"祭神求雨,不见得就会下雨;不祭神求雨,天也经常下雨。龙王若真有灵,早该知道旱情严重。再不下雨,庄稼就没有收成,没有收成拿什么来祭祀他?"

老者无言以对……

后圣荀子
HOU SHENG XUN ZI

77. 穿插镜头。

荀况带人察看沂河水情,商量修渠引水之事……

荀况动员百姓开渠引水,形成男女老幼筑渠引水的局面……

河水入渠进田,快要枯死的庄稼开始复活泛青,百姓笑逐颜开……

荀况实行重农抑商,鼓励农耕,兰陵野无荒田,舍无闲人,农业生产迅速得以恢复……

荀况探望孤寡,接济妇孺,送衣送粮,深得民心……

荀况在兰陵城里、文峰山下办起一座学馆,城里传出诵经咏典的朗朗书声……

78. 兰陵县衙。

字幕:公元前248年。

李斯本以为荀况在兰陵呆上段时间,就会返回楚都。谁知六七年过去了,荀况没有离去的迹象。李斯思虑再三,去找荀况辞行。

李斯:"老师,我不想再这么没有尽头地学习了。"

荀况:"你以为自己不需要再学习了?"

李斯:"不是。"

荀况:"和韩非相比,你觉得谁的学问精深?"

李斯:"当然是韩非。"

荀况:"既然如此,你为何放弃学业?"

李斯:"铁匠学习技艺是为了锻造器物,厨师学习烹饪是为了制作饭食,士子学习治理天下的学问是为了辅佐帝王。现如

今,以您这么高的学问不过做了个县令;即便有一天,我能达到像老师这样的境界,又能如何呢?"

荀况:"君子时运来了就驾车出去做官,生不逢时就像蓬草一样随风飘转。抛弃过多的欲望和过大的志向,对你是有好处的。"

李斯:"一个人若遇到机会,千万不可错过!如今秦国想吞并诸侯、一统天下,这正是游说之士施展抱负的大好时机。地位卑贱,而不去思谋求取功名富贵,就如同禽兽一般;只等看到现成的肉才想去吃,白白长了一副人的模样。"

荀况一时无语……

李斯:"所以最大的耻辱莫过于卑贱,最大的悲哀莫过于贫穷。长期处于卑贱的地位和贫困的环境之中,却还要非难社会、厌恶功名利禄,标榜自己与世无争,这不是士子的本意,所以我准备往西边去游说秦王。"

荀况吃了一惊,非常生气地道:"李斯,你身为楚人,怎么可以为秦国效力?你这是为虎作伥啊!你总不能拿着锋利的刀具,来替别人杀戮自己的家人?"

李斯:"老师,您怎能这样说呢?您平时总说治理国家的最终目的是要天下一统,灭失连年的征战,让百姓安居乐业。我现在去找寻的正是能够帮助我们实现这一目的的强国。再者,秦国也是周天子分封的诸侯,大家本是炎黄子孙,又有什么自家、别人一说?"

荀况见李斯强词夺理,知他去意已决,也就不再劝他,叹道:"唉,我怎么会教出你这样的学生啊?将来我或许会因为你而受到世人的唾骂……"

荀况言罢,掩袖长泣……

李斯见把老师气哭了,当下也很惊慌,伏地长跪请罪……

荀况伤心了一阵,克制住自己的情绪,对李斯道:"你跟我快有二十年了吧,你知我为何把你一直留在身边?这都是为了你好啊!你工于心计,热衷于对权势的追逐,这些都是对自己有害的行为;李斯啊李斯,你我师徒一场,我最放心不下的是怕过多的福禄加身于你,你会因此迷失自我,找不到归宿……"

李斯:"老师教训得是。"

荀况:"我不想再说什么了,你走吧。"

李斯:"他日弟子若能谋得富贵,定与老师共享!"

荀况:"我不敢奢求那些,你只要不给为师丢脸,我已经很知足了!今后,你无论富贵贫贱都不要再来见我!"

说完这话,荀况起身回到内堂。李斯跪在地上,一脸的尴尬……

79.兰陵荀府。

李斯去向老师辞行,荀况闭门不见,李斯在房前恭敬地跪拜……

李斯与师兄、兄弟作别,李斯背着行李飘然离去……

荀况被李斯气病了,卧床不起,弟子们小心侍奉……

80.兰陵荀府。

字幕:公元前238年。

韩非来见师父。

荀况见马车上悬着韩国的使节,问道:"韩非,你这是要去

哪里？"

韩非："老师，我……我要到秦国去，顺……顺道来看您。"

荀况吃了一惊，道："你，你为何要去秦国？"

韩非："秦王派人送信给大王，声……声称如果我不到秦国，就……就出动全国的军队攻打韩国。为了避免秦军的侵扰，弟子别无选择。"

荀况想不明白其中的原因，见韩非面有忧色，安慰他道："去就去吧，秦国也没什么可怕的。李斯在咸阳当官，听说还很受宠。你们有同门之谊，他会关照你的。"

韩非："不……不提这些，心……心烦。我……我把我这些年来写成的文章抄写了一份，给您带来了，请老师指点一下。"

韩非示意，随从抬进一个大箱子。韩非打开箱子，请荀况过目。荀况翻看着满箱的竹简，赞叹不已！

荀况："韩非，你的学问已经超过师父了。"

韩非："我……我离'青出于蓝'还……还远呢。老师忙于授徒，把……把精力都用在了学生身上。相比之下，我笨嘴拙舌，带不了学生，只……只能以此为乐。"

荀况："你已经很不容易了。"

韩非："老师，您……您不如把以前所写的文章整理成册，像我这样，既容易保存，还条理有序。"

荀况："师父这点真不如你！"

81.穿插镜头。

韩非到了秦国，受到了秦王嬴政的礼遇，经常与他彻夜长谈，韩非困倦，伏案而睡，嬴政解下自己的锦袍披在韩非身

上……

荀况认真修订以前所写的文章,陈嚣、浮丘伯等人帮着整理核对……

看着韩非和秦王一日日地亲近起来,李斯心里很不是滋味……

82、咸阳宾馆。

李斯去见韩非。

李斯:"兄弟,我听说大王要派兵攻打韩国。"

韩非:"又……又怎么了,我……我不是已经来了吗?"

李斯:"君主的心思变化无常,作为臣子,我也不好随意揣度。不过,大王对你的文章推崇备至,你不如写点东西试着劝劝大王,也许能够有所改观。"

韩非:"好吧。"

韩非坐到几案后,沉思片刻,手执竹简,写了起来……

简上的几行字是:韩事秦三十余年,出则为扞蔽,入则为席荐……与郡县无异也。今臣窃闻贵臣之计,举兵将伐韩。夫赵氏聚士卒,养从徒,欲赘天下之兵……今释赵之患,而攘内臣之韩,则天下明赵氏之计矣……

83.咸阳王宫。

李斯将韩非所写的奏章呈于秦王,嬴政看过之后,犹豫不决。

李斯:"微臣以为韩非的说法不对!秦让韩存在,就像人得了心腹之病一样。韩国虽已臣服于秦,未必不是秦的心病。"

李斯说到这里,看看秦王的脸色,嬴政道:"继续。"

李斯:"在臣看来,齐、赵两国的关系如果缓和,秦国就需要出动全部兵力来对付两国。韩国并非顺服秦的道义,只是顺服秦的强大。如果集中兵力对付齐、赵,韩国就有可能成为心腹之患。如果韩国再与楚国谋划策应,诸侯群起,秦国就面临着兵败的危险。"

嬴政:"不过,韩非说得也有道理。"

李斯:"韩非的言论能够文饰他的诡辩,我担心大王受到说词的迷惑而觉察不到本来面目。"

嬴政:"有这么严重?"

李斯:"韩非用妙语掩饰真正的意图,想利用'存韩'来从秦国捞取好处,同时也能得到韩王的重用。"

嬴政:"好吧,那就关他几天。不过,务必要照顾好他,即使在监狱里也要让他感受到寡人的恩德。出来之后能够真心悔过,为寡人出谋划策。"

李斯:"是,大王。"

84.云阳监狱。

李斯来探望韩非,看到他落魄的样子,忍不住哭了起来……

李斯:"兄弟,你怎么成了这个样子了?真让人心里难过……"

韩非见李斯哭得悲切,自己也忍不住抽泣起来。两人伤心一阵,平静下来。

李斯:"在这里,一定受了不少苦吧?"

韩非:"倒也没有,吃喝用度一应俱全。除了房子阴……阴暗,没有自由之外,别的都还可以。"

李斯:"事先我特意关照狱吏,尽一切可能,让你能够住得舒适一些。"

韩非:"多谢师兄!"

李斯:"切莫如此,我能做到的也只有这些了。虽然有悖秦律,但为了兄弟也顾不了那么多了。"

韩非感动得热泪盈眶……

李斯埋怨道:"我让你提点建议,你怎么可以乱写一通?须知'伴君如伴虎',常会有意料不到的祸患发生。"

韩非:"祸……祸由怨起,大概是我满怀孤独和愤慨之情,才会导致今天的下场。"

李斯:"秦王毕竟不是韩王,针对不同的人,应该采取不同的劝谏办法。"

韩非:"师兄说得极是!我……我也正在琢磨这个问题,刚……刚写完一篇《说难》。"

李斯诧异道:"事到如今,你还有心情写这些?"

韩非:"大不了一死,有……有什么好恐惧的?"

李斯摇头叹息,道:"你以为死是件容易的事么?秦国刑罚严酷,死也死得极其辛苦!"

韩非:"师兄,你说我会受到什么样的刑罚?"

李斯:"依着秦律,大概会是车裂吧?"

韩非吓得额头渗出细汗,道:"真会那样?这么一来,岂不是死无全尸?"

李斯:"我来秦数年,唯恐言多语失,一直谨小慎微,如履薄

冰地侍奉秦王，而且身上常备毒药，一旦事情有变，立即服毒自尽，免受极刑之苦。"

韩非迟停片刻，道："师兄，你……你的毒药可曾带在身上？"

李斯闻言大惊，道："不可，万万不可！兄弟，你千万不能有这样的想法，我在外面一定会设法救你出去。"

韩非跪拜，道："师兄，你怎能忍心看我惨死街头？让天下人耻笑？"

李斯："兄弟，这是万不得已的法子，现在还没有到了那个地步。"

韩非："请师兄把它给我吧，否则的话我就不起来。"

李斯闻言潸然泪下，随着跪倒在地，道："兄弟，你还记得当年，我们跪在师父门前的情形么？"

韩非："记……记得。亏得师兄的主意，我们才得以拜荀况为师，长了许多学识。"

李斯："师父近况如何？"

韩非："一……一切尚好，只……只是眼睛看不太清了。"

李斯："我真想去看看师父，怎奈秦国与诸侯均有过节，身为秦国官员，多有不便！"

韩非："你……你有这个心意，师父一定很高兴。师兄，把药给我吧，有备无患。"

李斯为难片刻，撕开衣角，取出一包药来，递于韩非。韩非赶紧收好，藏于墙角一个隐蔽之处。

李斯："记着，不到万不得已，千万不可走这一步。"

韩非点头道:"我知道。"

李斯看看天色,道:"时候不早,我得回去了。兄弟多多保重!"

韩非:"师兄慢走!"

李斯告辞,刚走几步,又被韩非喊住。

韩非:"师兄,如有机会,请将此简献……献于秦王,或许我还有一线生机。"

李斯回身接过,放进衣袖,道:"兄弟放心,上朝我就把他交于秦王。"

韩非:"有劳师兄。"

85.云阳监狱。

李斯离开牢房,唤过守在外面的狱吏,道:"大王非常欣赏韩非,关在这里只是为了挫他锐气,不用多久自会放他出去。后天是韩非生日,你替我置办一桌上好的酒席,为他庆寿。"

狱吏:"小的知道。"

李斯:"韩非若问起来,切莫告以实情,以免他又狂妄自大。"

狱吏:"遵命!"

86.云阳监狱。

韩非在牢里焦急地等了一天,也没有李斯的消息……

87.云阳监狱。

早饭时,狱吏给韩非送来了丰盛的酒肉。

韩非:"大人,这……这是为何?"

狱吏笑而不语……

88.咸阳王宫。

早朝之上,李斯将韩非所写的《说难》呈于秦王。

嬴政看罢,叹道:"寡人错怪他了。正如韩非所言:'大忠无所拂悟,辞言无所击排,乃后申其辩知焉。此所以亲近不疑,知尽之难也。'"嬴政停了一下,又道:"殿前将军何在?"

殿前将军出列道:"在!"

嬴政:"速去云阳赦免韩非,将他接回咸阳。"

殿前将军:"遵旨!"

89.云阳监狱。

殿前将军赶到监狱,韩非刚刚死去……

90.咸阳王宫。

嬴政听完殿前将军禀报,怅然叹道:"唉!寡人生平只敬佩这么一人,觉得能见到他并且和他交往,就是死了也没什么遗憾了。可惜啊!他匆匆地去了。"

李斯垂泪道:"大王,请看在韩非与微臣师出同门的分上,把他的尸体送回韩国去吧?"

嬴政想了想,道:"如果把荀况的学识比作大海,韩非就是大海里挺拔的山峰,高不可攀。李斯,你感觉你像什么呢?"

李斯:"在下愚笨。"

嬴政懒得解释,道:"寡人心情不好,今天就散了吧。"

91. 兰陵地界。

通往兰陵的大道上走过肩挑箩筐、身背行李、拖儿带女、三个一家、五个一伙的难民。

一拄着拐杖、步履蹒跚的老者向挑着箩筐的中年男子问路:"敢问这位小哥,这里离兰陵县还有多远?"

中年男子指着前方道:"老大爷,前方蓝天祥云之下的城池就是兰陵。"

老者长舒一口气说:"我总算到家了。"一阵眩晕,老者昏然倒地。

众难民急忙围了过来,叫着:"老人家你怎么了?"慌忙对老人施救。

老人缓缓睁开双眼喃喃道:"我到家了,到家了……"

有人问:"老人家,你是兰陵人?"

老人艰难地摇摇头断断续续说:"不,我是魏国人,俺魏国人都口耳相传,如今这天下,只有兰陵才是黎民百姓的王道乐土……俺回到家了……"说完老人面露微笑,永远闭上了眼睛。

中年男子悲伤地说:"俺是燕国人,也是异乡漂流人,闻听人言,兰陵是普天之下,隆礼重法,赏罚分明,没有草菅人命,没有横征暴敛的地方。俺同这位老人一样,也是来此谋生的。老人是不幸的,然而,他是满怀着美好的向往而死的。老人以兰陵为家,咱们把老人就地安葬吧,也算了却了他的心愿。"

人群中又有人说:"兰陵盛景,誉满四海,纵然死在这里,也宁身安魂了。"

后圣荀子
HOU SHENG XUN ZI

92.穿插镜头。

楚国朝廷发生重大变故。

楚考烈王驾崩,朝堂之上文武举丧。

楚王宫举行祭位大典,太子熊悍即位,史称楚幽王。

93.楚国王宫。

楚幽王嬉笑登殿,百官早朝。

楚幽王坐朝,李妍坐在楚幽王身旁陪伴。李园以国舅身份率领群臣齐齐跪倒,三呼万岁。春申君黄歇大摇大摆,从殿外进来。

李妍对尚在幼年的楚幽王一阵低语,幽王顿时挺直腰板,鹦鹉学舌般厉声道:"呔!寡人上朝,君临天下,相国为何慢慢腾腾,姗姗来迟,莫非欺我年幼,轻视寡人不成?"

黄歇:"大王登基顺应天意,众星拱月,百鸟朝凤,大泽龙兴,当该人神共贺。"

楚幽王看了看母后,李妍对他又是一番低言后,幽王一脸不快说:"既然如此,相国见了寡人,为何还不跪拜?"

黄歇话里有话道:"君君臣臣、父父子子、长长幼幼,老夫怎能不知仲尼倡导的纲常。怎奈老夫唯恐就此跪地一拜,不仅不能给大王带来福祉,反给大王帮了倒忙。"

黄歇说完偷瞟太后一眼,李妍不由得浑身一震。

殿内群臣一片哗然,窃窃私语:"相国此话从何说起?"

李妍忙打圆场道:"王儿不要计较。春申君是三朝元老,年事已高,今后上朝可免跪拜之礼,请王儿恩准?"

楚幽王不过七八岁孩童,幼不更事,听母后这样一说,袍袖一挥当即同意说:"准!"

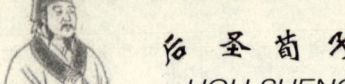

黄歇有些自鸣得意,向楚幽王及太后拱手行礼,道:"多谢大王!多谢太后!"

94.王后深宫。

夜色朦胧,宫女进出忙碌。

几个宫女正在掌灯,李妍忍不住无名火起,伸手打掉刚刚点上的蜡烛,冲宫女吼道:"点这么多灯做甚?哀家讨厌这亮光如白昼一般!"

宫女们吓得脸色苍白,不知所措。

李园正好进来,见此情形,道:"好端端的,发什么火?"

李妍:"哥哥难道没有看到,今日朝堂之上黄歇那个老东西的所作所为?"

李园:"我正为此事而来。"

李妍:"当年哥哥巧施美人计,把我送到黄歇府上,这个老鬼果然贪我美色,致我怀孕后,你与他密谋,又将我献与那三宫嫔妃皆不孕不育的楚考烈王。烈王真的以为我怀的是他的龙种,岂知这太子继位,天大的麻烦也来了!"

李园奸诈一笑说:"何烦之有?"

李妍:"虽说大王是黄歇的骨肉,但此事天知、地知、你知、我知、他知,再无旁人知晓。他万一泄露天机,势必引起政变,你我兄妹哪里还有活路?"

李园冷笑一声,道:"杀掉黄歇自然一了百了。"

李妍:"哥哥说得轻巧。黄歇在楚国执政多年,党羽亲信众多。真要把他杀了,楚国还不乱作一团,到时如何收场?"

李园:"依着黄歇的飞扬跋扈,由着他的性子下去,迟早会生祸端!"

李妍:"就目前而言,黄歇还不敢承认大王是他的骨肉。新王即位,政局未稳,这件事情公开,王公大臣绝不会善罢甘休。"

李园:"虽说如此,但当初黄歇敢把你献给楚考烈王,就有图谋称王的野心。如今他实际上已是太上皇,帝王宝座,别说是他,就是神仙也会动心。所以,今天在朝堂之上他才有恃无恐。"

李妍:"我也很是担心,长此下去,局面一定难以收拾。事到如今,只有先下手为强!"

李园:"妹子所言极是!不过要杀黄歇,还得费些周折,咱们一定要找个合适的借口把他除掉。免得失去民心,引起兵变。"

李妍一听兵变,神色立即不安起来,道:"我真担心杀他不成,反被其害。"

李园阴森的脸上掠过一丝冷笑,安慰李妍道:"妹子不必担心,哥哥自有妙计。"

李园压低声音跟李妍说着些什么,李妍频频点头……

95.楚国相府。

相府大厅乐声缭绕,灯红酒绿。

黄歇面前的几案上满是丰盛的酒菜,侍妾斟一杯,他饮一杯,渐渐有了些醉意。

侍妾:"大人,不敢再喝了。万一大王有事传唤,醉醺醺的怎么进宫?"

黄歇:"去、去、去,什么大王有事传唤,那是儿子请老子。天意如此,合该我给他当老子……"

侍妾(掩嘴偷笑):"大人,你是大王的老子,那岂不成了太上皇?"

黄歇闻言一惊,酒也醒了几分。心想:"我是不是操之过

急?"口中却道:"醉了、醉了,我说什么了,你刚才听到什么了?"

侍妾那敢学嘴,笑道:"大人只说好酒、好酒,再来一杯。"

黄歇心中一乐,道:"还是你知冷知热,心疼老夫,那就再来一杯。"

侍妾准备斟酒,侍从在殿外禀报:"大人,太后请您进宫!"

黄歇不敢怠慢,整理衣冠,起身离去……

96.楚国后宫。

王后后宫,气势恢宏。宫门之外,一对雄狮石雕正张着血盆大口,傲守宫门。

后宫之中,李妍浓妆薄纱,妖艳妩媚,不安地走来走去。

黄歇进宫,见宫中只有李妍一人,心中暗喜。他装模作样,深施一礼道:"不知太后传老臣进宫,所为何事?"

李妍卖弄风情,道:"你忘了自己身份,家国大事不找你找谁?"

黄歇笑道:"我以为你当了太后,高高在上,早把老臣忘了。"

李妍:"怎么会呢?当时考烈王还在,我哪敢不守规矩?"

黄歇:"太后果然有情有义,我可想死你了……

黄歇借着醉意,上前跟李妍动手动脚。李妍半推半就,两人进入帷幕之后……

97.后宫内室。

王后卧榻帏帐徐徐拉开。

黄歇整理衣冠,准备离开。李妍坐在床边,一脸忧郁道:"今后为了王儿尊严,君臣礼节,你我从此了却这段孽缘。这事若要传扬出去,岂不让天下人耻笑?"

黄歇:"如今王儿已经登基,等到时机成熟,我就昭告天下,自封太上皇,你还做太后,我要与你地久天长!"

李妍:"哀家何尝不想与你长相厮守,共享天伦之乐,只怕好梦难圆,你还是趁早绝了这无妄之想。"

黄歇:"我们的儿子成了楚王,让他认祖归宗是迟早的事情。"

李妍:"王儿认父之日,就是楚国大乱之时!楚国臣民如何肯依?"

黄歇:"谁敢?我大权在握,自能控制局面。"

李妍:"第一个讨伐你的可能就是荀况。"

黄歇:"荀况与我相识多年,可谓至交。王儿认祖归宗之事,我只要告诉荀况:你当年本是我的小妾,楚考烈王见你生得美貌,强行收入宫中。想来他也能理解,说不定还会拥戴我做大王。"

李妍:"你以为他能相信这些谎话?"

黄歇:"荀况一生追求社会和谐,国家一统,帝王勤政爱民,并不在乎谁当君王。像我这样世人敬仰的春申君的儿子当了楚王,岂不更好。只要我辅佐大王做个以政裕民、隆礼敬士、尚贤使能的国君,他是不会反对的。"

李妍:"你莫非老糊涂了?荀况是当今圣贤,品高行端,一旦你我的事大白于天下,荀况绝不会视而不见。他定会举兰陵之兵,兴师问罪!"

黄歇不以为然,道:"即便如此,能奈我何?以他区区一县之兵,如何与我抗衡?"

李妍:"就怕一呼百应,群臣响应。依我之见,不如早些罢了他的官职。"

黄歇陷入沉思:"你说得不无道理。只是荀况把兰陵治理得

政通人和、天下归心,他在兰陵的施政方略,造福百姓的业绩,可谓天下样板,罢他的官说不过去,不妥,不妥!"

李妍:"依着你的聪明,难道会束手无策,没有办法?"

黄歇眼珠子转了几转,终于拿定了主意,叹道:"事已至此,也只好这样了。"

李妍:"此外,还有二人也需一并除掉。只有这样,你我才可以高枕无忧。"

黄歇:"哪二人?"

李妍:"一个是长史郑义,一个是廷尉匡正。"

黄歇闻言一惊:"不可,万万不可,这二人是楚国有名的贤臣,忠君爱民、不畏权贵、敢于直言,杀了他们,我不成了千古罪人?"

李妍:"你要当太上皇,这二人能让你好梦成真?"

黄歇:"他们必定拼死抗争!"

李妍:"人间有什么正义邪恶、真善美丑?从来就是胜者为王、败者为寇。我们只要做得天衣无缝,谁又能明白这其中的是非曲直?"

黄歇:"话是这么说,可给他们安个什么罪名合适?"

李妍:"你在官场混了半辈子,这个还用我教你。"

黄歇心领神会,笑道:"那是,那是。"

两人各怀鬼胎,相视一笑……

98.楚都城内。

都城小饭馆里,客人对酒小饮。

窗外飞着细雨,几个百姓正在悄声议论……

百姓甲:"老兄,听没听说,昨日朝廷杀了两个大官?"

百姓乙:"这事全城谁不知道,你觉得就你消息灵通?"

百姓丙:你们可知给长史郑义、廷尉匡正定的什么罪名?

百姓丁:"说他二人给新王上书,一来要给他们加官晋爵,二来要加重税负,在楚都新建一座气势宏伟的王宫。"

百姓甲:"据说大王和太后驳回了他们的上书,这两人自恃是先王的功臣,根本不把大王和太后放在眼里,出言不逊,竟敢辱骂大王和太后不知好歹,不知进退!"

百姓乙:"相国春申君不能容忍两人以下犯上,下令将两人斩首。"

百姓丙:"你们只知其一,不知其二,据说朝中大臣不信这两位好官会犯下这样的不赦之罪,纷纷为他二人求情,恳求饶他二人不死。相国不容分说,一概拒谏。"

百姓丁:"郑义、匡正仰天长叹,大呼冤枉。春申君亲自监斩,两人死于朝堂之外。"

百姓甲:"这说不定是个天大的冤案。"

百姓乙:"这春申君亲眼所见,还能有假?众所周知,春申君可是个天地少有、空前绝后的忠臣!当年楚考烈王在秦国做人质,要不是有春申君护驾,虎口脱险,哪里还有楚考烈王和当今的楚幽王。"

百姓丙悄声道:"朝堂如虎,宦门似海,宫廷斗争,老百姓管不了的,还是少说为佳,今朝有酒今朝醉,咱们吃咱们的吧。"

其他人:"说得是。"

99.兰陵县衙。

夏日炎炎,县吏进出,无不脚步匆匆。

荀况一边整理写好的简册,一边叮嘱衙役,道:"枣园一带今夏遭遇蝗灾,让你张贴安民告示,县衙拨出的赈灾粮米即日

就到,免去枣园今年的官税,你可办妥?"

衙役:"小人正要禀告,一切遵命照办。枣园百姓感激涕零,叩谢县令大恩大德,说您是穷苦百姓的救星。"

荀况:"民是水、官是舟,帝王将相只有明白这个通理,才能天下太平。"

又一衙役匆匆走上,道:"大人,相国大人来到县衙。"

荀况闻言,急忙到衙门外迎接。见了春申君,荀况大礼参拜道:"相国大人亲临,有失远迎,恕罪,恕罪。"

黄歇执手挽扶就要跪倒在地的荀况,道:"你我之间不用这么客套,咱们进里面说话。"

荀况与黄歇回到县衙,落座之后,荀况吩咐差役奉茶。

荀况:"相国朝政繁忙,怎有空闲亲临兰陵?以后要保重贵体安康。"

黄歇心中有愧,道:"我的安康并无大碍,只是你的安危令老夫担忧。

荀况(不解道):"有何安危?请相国明示。"

黄歇:"朝中有人向大王、太后进言,大王与太后派我向你传达王命:虽可免你一死,但要免去兰陵县令。新任县令即日到达。"

正在送茶的差役闻听此言,大吃一惊,手中杯盘险些落地。片刻之后,他匆匆出衙而去。

荀况:"微臣不知身犯何罪?还请相国说个明白。"

黄歇:"朝中有人向大王、太后进言,说你在兰陵隆礼至法,轻田野之税,平关市之征,广施恩德,意在效仿周公吐哺,收买民心,图谋不轨。"

荀况仰天长叹:"这样的罪名,何以让我心服,何以让兰陵

百姓心服、何以让楚国乃至天下人心服。"

黄歇："人言可畏,三人成虎。朝中有重臣向大王和太后进言,说楚都已有传扬,与其让几岁孩童做一国之君,不如让荀况取而代之。楚国要有荀况这样的国君,国不会不强,民不会不富,你犯了为官的大忌,功高盖主,岂不引火烧身。"

荀况："相国位高权重,为何不帮我以正视听?"

黄歇："那大王少不更事好说,太后与那国舅李园知你我私交深厚,不仅不容我为你申辩,还要我来罢你县令。王命难违,老夫也是自身难保。"

县衙大院,人声鼎沸,兰陵百姓蜂拥而至。众人愤而责问:"春申君,为何要罢荀县令,罢了这样的好官,老百姓还有什么指望……

荀况、黄歇走出房门。众民齐呼"县令大人",齐刷刷跪倒一片。荀况心里一热,热泪盈眶。此情此景,春申君深感惭愧……

这时,从跪倒的人群中站起当年的贼首,他走到春申君面前,抬起自己的手臂道:"大人,我这双手罪当磔去,是荀县令给我留下的。荀县令把我这样的害群之马教化成人,我发誓今生今世再不干那缺德之事。你今天不说清楚为啥罢了兰陵人恩同父母的好官,我就用荀县令留下的这双手,为他讨个公道。"

荀况："小六子不得无礼! 相国是楚国的栋梁,赶紧为大人让路,恭送相国。"

小六子"扑通"一声,跪倒在荀况面前,拖着哭腔喊道:"荀县令……

荀况扶起小六子,对黄歇道:"相国大人请回。"

100、楚都后宫。

玉兔东升,乌云掩月下的王后深宫,又传来猫头鹰的叫声,令人毛骨悚然。

黄歇连夜进宫去见太后。

李妍:"你从兰陵回来了?"

黄歇:"回来了。"

李妍:"荀况的县令罢了?"

黄歇:"罢了。"

李妍:"你杀了两个楚国的忠臣,罢了一个名扬天下的县令,心中可否得意?"

黄歇:"虽然除了后患,但心中难免惭愧不安,大有无地自容之感。你是老夫的爱妾,我正需要你的安慰。"

黄歇说着,前去搂抱李妍。李妍退到殿后,喝道:"黄歇,你放规矩点!"

这时从帷幕后面走出李园,他狡黠地笑道:"老东西,你的死期到了!"

黄歇(不解):"你兄妹二人想做什么?"

李园:"你死有余辜,着实该杀!"

黄歇:"你们为什么要杀我?你们杀了我,以何罪名昭示楚国,昭示天下?"

李妍奸声冷笑说:"那就让您死个明白!你滥杀楚国忠臣,罢了深得民心的兰陵县令。杀了你正是除恶务尽,伸张正义!杀一个罪有应得的祸首,为国除奸,为民除害!何错之有?"

黄歇这时终于明白过来,骂道:"好一对毒如蛇蝎、狠如虎狼的狗男女!原来这是你们设下的一石三鸟、借刀杀人的诡计。"

李园:"可惜,你明白得太迟了!"

黄歇:"你们杀不了我,我要去向大王说清楚,我是他的生父。"

李妍:"你想走出我的宫殿,比登天还难!杀了你正是为了埋藏这个天大的秘密。"

黄歇长叹一声,道:"唉,想我黄歇驰骋列国、纵横捭阖,一世英名居然毁在妖妇小人手里,真是咎由自取!"

李园护着李妍离去……

几个死士挥刀而上,顷刻之间,黄歇死于非命……

101.兰陵荀府。

荀况心情郁闷,埋头打坐,闭目养神。

新县令带着衙役抬着礼物来到荀宅,见到荀况,恭敬地行礼道:"荀先生大驾颐安,卑职前来拜见您老。"

荀况款款起坐,不卑不亢还礼道:"不知县令大人来到寒舍,有失远迎。"

新县令:"下官奉大王、太后之命前来拜见先生,大王、太后给您送来绸缎十匹,黄金十斤、为你造福兰陵、无辜被罢官,褒奖安慰。"

荀况不屑一顾地说:"大王、太后既然罗织罪名,免我县令,怎又如此这般戏弄于我?"

新县令:"郑义、匡正忠良被杀,大人被罢县令,全是春申君倚权恃重,排除异己,假传君令,犯下的过错。"

荀况:还请明示。

新县令:"大王昭告天下,冤杀的大臣厚葬,朝廷重金抚恤家眷;您老虽说受屈,念及年事已高,不可过于操劳,赐给重金厚帛,让您颐养天年。黄歇已被正法。"

荀况闻言不由得一怔,道:"你说什么?这些事都是春申君

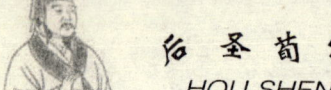

所为？春申君已经死了？"

新县令："卑职不敢虚言半句。"

荀况一阵眩晕，倒退几步，侍者急忙搀扶。荀况喃喃自语道："这祸事连连，春申君蹊跷死去？费解啊费解……"

新县令："荀先生贵体欠安，卑职不敢打扰，就此告辞。"

荀况："这些绸缎金银，虽来自宫廷，却取之于民间。请县令带回县衙，作为赈灾钱物，救济困苦的民众。"

新县令："荀先生果然人中圣贤、官之楷模，卑职代兰陵百姓谢谢你了。"

乌云遮日，虽是正午，天空一片昏暗。

102.兰陵荀府。

荀况遭遇自己罢官、春申君之死突变，一夜之间，老态龙钟，须发全白。

陈嚣手持一锦囊匆匆进入荀府，行过师礼后道："老师，有一秦人使者带一锦囊竹简，说有重要传书给你。"

荀况："那个秦人何在？"

陈嚣："他把书信留下，已经走了。"

荀况："所为何事？"

陈嚣："弟子不知。"

荀况："拿来我看。"

荀况接过陈嚣递来的锦囊，拆了封印，从竹筒里抽出简册，没有看完，就把书简扔在了地上，掩袖长泣……

陈嚣拾起地上的简册看过，号啕大哭……

艾菁闻声出来，道："出了什么事？"

陈嚣哽咽道："韩非因为上表之事，被秦王所杀……"

艾菁听罢,顿时泪如雨下……

103.荀宅庭院。

宅旁一溪流水,几多落花,顺水轻缓漂流。

荀况伤心得好几天吃不下饭……

荀况一病不起,日见消瘦,艾菁深为担心……

依偎在艾菁怀中的荀况人之将死,其言也哀地说:"菁妹,你一辈子……这样抱着我……该多好,隐瞒和害……苦了你一生的故事,我不能带进棺材里……

艾菁止不住泉涌似的泪水泣声说:"别、别说,我不要听。当我、知道孙况、原来就是荀况,联想、你的、赵国伊氏生地,我就什么都…清楚了……

荀况:"你、该、恨我才是……

艾菁:"为了人间莫演如此悲剧,你奔波呐喊了一生,你饱受爱、恨、情、仇折磨,苦了一辈子,你的命比我还苦,艾菁这辈子跟你在一起值了……

荀况眼角涌出两股泪水,忽然昏迷,弟子们忙乱不已……

104.兰陵县域。

雪压青松,草木凝霜,白色莽莽。疾风突起,青松上洁白的积雪一阵纷纷洒落。

荀况逝世的消息传出,兰陵民众悲痛欲绝……

荀府门前高搭灵棚,百姓扶老携幼,焚香烧纸祭奠……

赵国、齐国派出使臣前来吊唁。李园闻讯,也派大臣前来吊唁……

105.兰陵荀府。

风雪之夜,陈嚣、浮丘伯带领其他弟子正在灵棚内守灵。李斯身着重孝,带领一队侍卫走了进来。弟子们见状,人人面有怒色。陈嚣起身,将李斯推出灵棚之外。侍卫捻弓拔剑,等待李斯号令;浮丘伯等人找出棍棒,听从陈嚣吩咐。棚前剑拔弩张,一触即发……

这时,荀况最小的弟子张苍走到李斯跟前,与他轻语几句。李斯跟着他离开灵棚,随从紧随而去……

106.兰陵荀府。

穿院进屋,李斯见到了艾菁。

李斯跪拜,道:"弟子见过师姑。"

艾菁:"起来吧。"

李斯起身。

艾菁:"李斯,你师父一生辛苦!如今已经去了,你就让他安静片刻,好么?"

李斯:"弟子绝无惊扰之意!得到老师去世的消息,弟子立即放下手头公务,风雪兼程,不眠不休,长途跋涉而来,只想再见师父一面,怎奈陈嚣等人不肯让我祭奠。"

艾菁看着李斯,叹道:"事出有因,你位高权重,别跟他们一般计较。你师父临走之前留下一样东西,让我交给你。"

艾菁起身,打开柜子,从中取出一个简袋,递于李斯。

李斯解开封口,取出一个简条,上面只有不多的几行字,老师金声玉振的遗训飘然耳旁:"李斯,秦灭六国,大势初定。你官居极品,天下一统之日,若能善修自身,辅助秦王法礼治国,慈爱百姓,韩非也算死得其所!"

李斯看罢,悲从心来,潸然泪下,躬身倒退着出了屋子……

下集

巨著問世

107. 兰陵荀府。

在离灵棚不远的地方,李斯带领随从伏地跪拜。行过大礼之后,策马离去……

108. 字幕:

公元前221年,李斯辅佐秦王嬴政吞灭六国,完成天下一统。

公元前210年,秦始皇病死沙丘,李斯与赵高合谋促使胡亥继位。

公元前209年,秦王朝暴戾人民,刑苛赋重,陈胜、吴广揭竿而起,农民起义风起云涌!

公元前208年,李斯被赵高腰斩于咸阳,宗族俱灭。李斯亡命之时发出哀哀长叹:"物禁太盛,老师真圣人也!"

公元前206年,正如荀子"道存国存,道亡国亡,伤吾民甚,聚敛者亡"所言,项羽、刘邦占领咸阳,秦二世短命亡国。

109. 插入荀子花岗岩巨塑雕像、雄伟的后圣殿、壮观的荀子文化园山门镜头。画面上飘出字幕:为了弘扬荀子文化,荀子故里(今山西安泽)为这位伟大先哲、时代超人,雕塑巨像,树简建殿,永辈祭祀,世代传承!

旁白:

荀况是我国古代杰出的唯物主义思想家、政论家、教育家、文学家,他的伟大学说,为架构两千多年来中央集权的封建国家体制,缓解社会矛盾,构建和谐社会,起了进步和推动作用。

(全剧终)